旷野沉吟

陈思和
宋炳辉
主编

四川人民出版社

图书在版编目（CIP）数据

旷野沉吟/陈思和，宋炳辉主编 . —成都：四川
人民出版社，2024.1
ISBN 978—7—220—13431—9

Ⅰ．①旷… Ⅱ．①陈… ②宋… Ⅲ．①中国文学—现
代文学—作品综合集 ②中国文学—当代文学—作品综合集
Ⅳ．①I216.1

中国国家版本馆 CIP 数据核字（2023）第 154308 号

KUANGYE CHENYIN

旷野沉吟

陈思和　　宋炳辉　主编

出 版 人	黄立新
选题策划	李淑云
责任编辑	李淑云
封面设计	叶　茂
内文设计	李其飞
责任校对	吴　玥
责任印制	周　奇
出版发行	四川人民出版社（成都三色路 238 号）
网　　址	http://www.scpph.com
E-mail	scrmcbs@sina.com
新浪微博	@四川人民出版社
微信公众号	四川人民出版社
发行部业务电话	（028）86361653　86361656
防盗版举报电话	（028）86361653
照　　排	四川胜翔数码印务设计有限公司
印　　刷	成都兴怡包装装潢有限公司
成品尺寸	155mm×230mm
印　　张	14.75
字　　数	171 千
版　　次	2024 年 1 月第 1 版
印　　次	2024 年 1 月第 1 次印刷
书　　号	ISBN 978—7—220—13431—9
定　　价	69.00 元

编选说明

一、本书编选宗旨：站在新世纪回眸百年中国文学，以其艺术精品展示后人，为未来中国保留一份 20 世纪中国文学的"古文观止"。

二、本书编选性质：既为广大中文专业的本科和专科学生提供一部篇幅不大、内容精要、适合阅读学习的 20 世纪中国文学作品选，也为一般文学爱好者提供一部艺术性强，并且凝聚了现代中国知识分子美好精神境界的美文选，值得读者欣赏和珍藏。

三、本书编选范围：20 世纪文学中的优秀作品，以现代汉语创作为主，包括小说、诗歌、散文、戏剧。长篇小说和篇幅过长的中篇小说选取其最能体现作家艺术成就的精彩片段；但一般的中篇小说、短篇小说均收录全篇。篇幅过长的诗歌和多幕戏剧也采取选其精彩片段的方法。散文包括抒情性散文、议论性散文、杂文和其他相关文体，但不包括篇幅较大的报告文学和理论批评文章。一般不选入旧体诗词。

四、本书编选体例：其顺序为 [1] 篇名；[2] 作家简介；[3] 作品正文；[4] 作家的话；[5] 评论家的话。其中 [4] 选取作家本人有关的创作谈。如一时找不到的，则空缺。[5] 选取较权威的评论家已发表的对所选作品的批评或就作家整体风格的批评意见。通常选一到两则。如一时找不到的，由参与本书编辑工作的有关人员撰写，但不标"评论家的话"，而标"推荐者的话"，以示区别。

五、本书编选原则：本书强调感人的语言艺术和知识分子人格力量相融合的审美标准，强调真正的艺术创造是超越时间和空间限制而永存于世的文学观念，一般不考虑文学史的需要，不考虑思潮流派的代表性，也不考虑作家在现实社会中的地位和影响。

六、本书编选方式：本书所选作品，要求选其最好的版本。若有作家多次修改的作品，应在比较各种版本的基础上，以其艺术表现最成熟的版本为准，也会参考其他版本稍作修改。

七、本书编排顺序：基本按作品写作时间的前后排列，若无从考其写作年月，则以其初刊年月为准。相同作家的作品，也按其写作或发表时间的前后排列。

八、本书初版由复旦大学中文系现代文学教研室与中央广播电视大学等单位共同编辑，陈思和与李平担任主编，邓逸群与宋炳辉担任副主编，共同负责全书的策划、协调、审读、定稿等工作。参加工作的具体人员是：王东明、苏兴良、李平、钱旭初、韩鲁华、陈利群（主要负责小说编选）；李振声、张新颖、宋炳辉、梁永安（主要负责诗歌与散文作品的编选）；杨竞人、邓逸群（负责戏剧作品的编选）。另外，张业松也参加过部分工作。本书初版由上海学林出版社 1999 年出版。

本次修订，主要由宋炳辉负责，参与者有：郜元宝、张新颖、王光东、宋明炜、段怀清、金理等。陈思和最后审定。此次修订，对当代部分做了一些调整，新增了韩松、王小波、迟子建、阎连科等作家的相关篇目。

九、我们必须声明的是，这并不是十全十美的选本，更不是唯一的经典的选本，它只是一个能够比较自由地表达编者的文学审美观念的选本，希望读者能够从中获得人格的影响和美的熏陶。对于有些地区的作品（如香港、台湾地区等），因为资料的缺乏和信息的不敏，我们并无十分的把握，难免有遗珠之憾。"作家的话"和"评论家的话"两部分，因为不能翻阅所有的资料，肯定有许多选得不甚到位。我们希望读者能给以认真的批评和建议，以便以后再版时能有所修订增补，使其尽可能地接近于完美。

主编：陈思和　宋炳辉

目　录
CONTENTS

孙甘露 ◈
我是少年酒坛子

　　孙甘露，1959 年出生，山东荣成人。曾当过邮递员，现为上海市作家协会专业作家。20 世纪 80 年代初开始发表文学作品，长期探索现代小说的语言创新，试图在创作中完全摆脱文化与语言的整合背景，把写作彻底改变为语调的游戏，没有中心意义，语言随着飘忽的思维自由行走。主要作品有长篇小说《呼吸》，中短篇小说集《访问梦境》，散文集《在天花板上跳舞》等。

引　言

你知道是谁在背后打量你？（语出《米酒之乡》）

场　景

那些人开始过山了。他们手持古老的信念。在一九五九年的山谷里。注视一片期待已久的云越过他们的头顶。消失在他们将要攀登的那座山峰的背面。渐渐远去。等候他们爬上顶峰。再一次从高处注视。消散或者在天边隐去。然后，为这座山峰命名。

他们最先发现的是那片滑向深谷的枝叶。他们为它取了两个名字。使它们在落至谷底能够互相意识。随后以其中的一个名字穿越梦境。并且不致迷失。并且传回痛苦的讯息。使另一个入迷。守护这一九五九年的秘密。

他们决定结束遇见的第一块岩石的。回忆。送给它音乐。其余的岩石有福了。他们分享回忆。等候音乐来拯救他们进入消沉。这是一九五九年之前的一个片段。沉思默想的英雄们表演牺牲。在河流和山脉之间。一些凄苦的植物。被画入风景。

那些想过河的人下山过河去了。他们渴望水的气息。他们将不得休息。山上的人们想。犹如思考罪孽。他们中间的谁开始衰老。因为他想比自己活得更久。于是耻辱四散开来。安慰所有下山的人。

这就是一九五九年的信心。

他们中间的某人看见了下面的街道。那人正急着内省。不打算告诉别人。所有的人。当然最先是他本人。错过了醉心于平凡事物的喜悦。他们的艰难的感情历程将无以呈现。他们观看这源泉喷涌。他们无力为之所动。在静观中消失得无影无踪。这是一九五九年的馈赠。

人　物

我为何至今依然漂泊无定，我要告诉你的就是这段往事。今夜我诗情洋溢，这不好。这我知道。毫无办法，诗情洋溢。今夜我，就是这个样子。装作醉了的样子。其实我没喝酒。打开书本。你的。我的。他的。找找有没有我这个样子的，当然找不到。我这个样子，醉成这个样子，当然找不到什么可以做样子。

我的世界，也就是一眼水井，几处栏杆。一壶浊酒，几句昏话。

我在一个炎热的夏季傍晚（确切的时间是百年中的某一天）会见一位表情忧郁体力充沛写哀怨故事的自称诗人的北方来客，在鸵鸟钱庄（它从前酒旗高悬）完成了这段如那个阿根廷盲者所指出的那类习惯性的回忆。

故　事

草席似水，瓦罐如冰。

钱庄内极为阴暗潮湿，如同我满脑子的胡乱念头。

曲尺形的柜台光可鉴人，那位长相如同鸵鸟的掌柜生就一副骇人的容貌，那神情介于哲人与鳏夫之间，既有沉溺于思辨的惬意的孤寂，又有因谙熟于逝去了的男欢女爱而特有的敌意的超然。

鸵鸟径自朝我们走来，将两只瓦罐放到桌上。忽然直勾勾地抓起我的胳膊："喂！肤色有点异常呀！这可不会是喝酒喝的。"说完，他就把鼻子移到柜台后面，不再吱声。

我们没有得到下酒的小菜。据邻桌一对表情暧昧的人声称，谈话，就是这儿下酒的菜。众人鸡啄米般地捣着凑得极近的头，频率极高地谈论着什么。我和诗人竖起耳朵仔细分辨，俄顷，所有的人都停止了谈话，将脑袋转向我俩："喂！谈话！谈话！喂！你们！你们自己谈话！"在我们周围是一片吵吵嚷嚷，"你们，别想用旁人的谈话下酒。新来的笨蛋！一对笨蛋！两个！两个！笨蛋！"众人的嗓音里流溢出醉意的自豪。

"酒喝得是否尽兴，全看谈话是否适宜于下酒喽！"在语尾加喽字的人，两手麻利地洗着纸牌打我们桌边踱过。

"我们试试吧？"诗人捧起瓦罐询问道。

"那么，也好。"我斜眼瞧瞧柜台后面的鸵鸟，"你来南方之前都做些什么？"

诗人将鼻子仰到椅背上，做出一副很优雅的样子，高声说："我把自己藏在家里。你应该懂得，北方是个藏龙卧虎的地方。"说罢，他神气地扫了一眼钱庄内的人。

鸵鸟的脖子不动声色地竖着。

"在我们南方，大家伙都待在街头上的。"我嘀咕道。他伸出右手焦黄的食指，意思切中要害："不能因为你在街上，就说大家都在街上。"

"那么，有人来寻找或者拜访你吗？"我慌忙岔开话题。他和蔼地解释道："一旦有人找上门来，我们就倾巢而出。反之，我们就把自己藏起来。"

"你们是藏在一起，还是四散东西？"我揣测，这是时下北方流行的一种游戏，便试图得到一些基本的规则，好在南方率先玩起来。

"藏无定法。"诗人的食指当当地敲着瓦罐，"或三五成群，或单雕一室。或于显眼处藏身，或于幽暗处现形。不藏即藏，藏即不藏，聚即散，散即聚……"

他那梦语般入迷的低述，他那飘忽的神情，似乎不断地在恳请慰藉。他那引人遐想的语调，给人一种惊讶不已的愉悦之感。

"我们在我们的个人生活与他人的书籍之间自由出入。"诗人补充道。

我不明白他回忆的是什么人物，我只是认为他想表现他的诗人气质。

他的目光总是越过你，即使他非常爱你，他还是要越过你。就像越过随水而出的舟楫。他的目光总是那么迷离，仿佛他总是迎风而立。

他总是在朗诵，谈话就如一首十分口语化的诗作片段。不断切入，走向不明，娓娓道来。谈话是片段的，是非吟诵的。总之，他是不真实的，而又是令人难忘的。

"你到南方是来参加季节典礼吗?"

"不，我是来参加嘲讽仪式的。"

在我们谈话的时候，时间因讽拟而为感觉所羁留。鸵鸟钱庄之外是被称作街景的不太古老但足够陈旧的房屋。是紧闭或打开的窗，是静止不动或飘拂的窗帘。是行走或伫立的人群。

诗人一气喝干了他的瓦罐："在梦与梦之间是一次典礼和一些仪式。而仪式和雨点是同时来临的。在传说中，这是永恒出现的方式。"

我估计，他是在力图重建一种诗歌环境。

诗人用食指蘸了蘸滴在桌边的酒渍，在桌面上用力画道："圣水之边，芭蕉尾际。喟叹时刻，松枝时节。"

"送你啦!"

他揭示事物的方式令人联想到那些过寄生生活的人。他们优雅而疲倦。他们活动于他们臆想的空间，他们不吝啬时间，而又对流逝的岁月耿耿于怀。他们总是纠缠于情感的细枝末节，总是在大众的尾部说三道四。

"例如，"诗人嗓音圆润，"一个从早至晚四处串门的人和在南方弄堂或者北方胡同里散布流言蜚语的人，这两者之间的细微差别，使他们之间难以互相辨认。假如我明智到能以调侃的语调，轻松地谈论在门后或院角的小凳上刻苦手淫的男人，我势必如梦游者般掠过那些在傍晚或午夜隐于街角或门洞里谨慎接吻的人的非凡想象。

如果我急需诗意来为整日价懒在床上不起来的人辩护，只消提出从未谋面的在背阴处或拐角处吹口琴的不知疲倦的人来。就足以使嗜睡者和耽于冥想者和谐地统一起来。倘若一年四季对镜梳妆却从不出门的女人值得我们四季一年留心窥视。那么，端坐在阳光下的圈手椅里读各种报纸的老人的内心生活更加无从揣摩。假设我能够体味摆弄钟表的男人的乐趣的万分之一，我就有足够的胆量对不停地打扫房间的人的超常洁癖做耐心到庸俗的归纳。"

诗人说得兴起，一边示意鸵鸟添酒一边绕桌踱起四方步来。

"是的，我沉浸在一种疲惫不堪的仇恨之中，我的经历似乎告诉我唯有仇恨是以一种无限的方式存在着的。这一发现使我对仇恨充满了仇恨。这让人既难过又高兴。仿佛有一种遗世而立的美感。"

"我在一部介绍游牧民族的电影中见到过你的祖先。"我借着酒意，异想天开而又小心翼翼地对他说，"你的祖先浑身披挂，很是窝囊。他们骑的是一种类似萝茜难得的瘦而高的吃苦耐劳的马。我记得解说词里提到豪迈、自由之类的字眼。"

"那一定还提到了酒和女人，失意和孤独，这些字眼有着天然的联系。"诗人满不在乎地随口说道。

邻桌的饮酒者似乎对诗人张张扬扬的言谈举止并不在意。我开始怀疑诗人用这番谈话来下酒是否得当。诗人一手提着瓦罐，一手在空中比画着。他历来如此？还是由于初来乍到？或许诗人全都是如此饶舌。

对我来说，韶华已逝，将苦涩的回忆转变为流畅的文字，已经不能抚慰际遇带来的创痛。世界艺术地远去，我和我的诗句独自伫立。我已不知星夜宁静与否，只是感到总是无所事事。我的年纪告诉我，风走风来只是拆散句子。我的表情令人失望地松弛，诗句堤岸在我的笔下等候，离散或者重逢，爱一次或者渴望另一次。

"喝了我的酒全这样。"鸵鸟在柜台边满有把握地说。

"酸！酸！酸倒大牙！酸倒最大的牙！"玩纸牌的人在钱庄内穿梭往返，不停地嚷嚷。

"你看，"诗人自信而又无可奈何地说，"我必须抑制我的随想式的思绪，我必须重新投入谈话，就像投入一场满怀疑虑的谅解。在这种充溢着疑虑的谅解里，一个男孩子是永远也不会成熟的。他感觉到，他似乎永远沉溺在疲倦而悲戚的对成熟的记忆之中。在这类漫无止境的讨论中，成熟有了一种不断迫近的窒息之感，令人隐隐地感到幼稚将始终由潜在的幸福陪伴着。它导致了拒绝成熟。这样的性格，使人在整个一生的大部分时间里必须单独面对自己，面对一种自我封闭的诗意的孤寂。"

"酸有酸的理！酸有酸的理！"伴随着嚷嚷的是稀里哗啦的洗牌声。

"我不妨谈谈我的父亲。"这会儿我才看出诗人的固执来，"他以一种自称的不加影响的方式影响他儿子的整整一生。我们父子利用散步的时间吵架，在饭桌旁怄气，在肤浅的睡眠中诋毁对方。唯有在对待女人的感情上，我们父子具有惊人的一致。他教导我，女人近似书籍。读自己的书有一种熟悉的陌生感，而读别人的书则有一种陌生的熟悉感。依我而言，女人和书籍一样，都以隐秘来遮掩乏味的陈旧。"

"因饮酒而论至女人，这是规律，今日看来诗人也不能免。"玩牌的人这会儿也不嚷嚷了，饶有兴致地挤到桌边。

诗人鄙夷地扫了他一眼，继续道："在我的少得可怜的诗作中，有一半是写给女人的，而其余的则是因女人而写的。"

"拿来瞧瞧！"玩牌的人插言道。

"在我看来，我的诗句，有点近似通俗音乐会的节目单，有一种热热闹闹的赏心悦目之感。而我的实际的爱情生活是由一连串互不连贯的始于温情止于咒骂的短小故事组成的。"诗人再次以一个鄙夷的眼光止住试图插嘴的玩牌人。他以九九归一的语气作结，"有一天，谁敢说他了解女人，他就要犯错误了。"

"没劲，没劲。"玩牌者打条凳上跳开了去，"此君是个阉人，既无花前柳下，又无肌肤之亲。没劲透了！没劲透了。"随着依然是哗哗的洗牌声。

谈话就是这样闪闪烁烁地进行。仿佛在下语言跳棋，扭来拐去的。又仿佛是暖胃的米酒，在体内流畅而又曲折。

"人是不是应当更多地和自己谈谈话呢？要真是如此，一个人会不会因为对自己过于了解而感到厌烦呢？"我已完全为侃侃而谈的诗人所折服。

"保持距离就是保持感觉。你对人对己都别太热乎喽。而我不同，像我这样的人，距离和感觉都是有害的。我就是要跟人热乎。对我来说，最为重要的就是热乎。随后才轮到判断和回顾，才轮到惋惜和惆怅，才轮到追悔和哀痛，或者其他别的什么。岁月告诉我，必须委婉地进入生活。"

我正听得入神，忽听玩牌者在门旁叫道："下雨啦。"

众人静了下来，这会儿我听清了，除了洗牌声之外，还有雨声。

我在酒中想象。一架钢琴在演奏旋律，乐队则像在远处应和。

乐曲奏至一个短暂的休止，就跟刚好洗完一副牌，窗外的雨声一下子拥进屋内。徐缓奏起的弦乐仿佛湿漉漉的，而钢琴晶莹的走句就像是水滴。

"雨是很短暂的。"诗人沉稳的声音打断了我的臆想。

"这还不如说人的印象短暂。"

"你那么年轻，那么富于诗意地谈论着想象的短暂，你是什么样的年轻人呀，这些如此沉重的字眼是如此轻易地打从你的唇间吐出，难道你凭借想象的光芒一下子飞抵了岁月的最深处，而我要到什么时候才开始迈近它？让我更快地老去吧，既然我无法以年轻的姿态走近你，那么就让我在岁月的最深处与你会晤。"

听诗人的意思，似乎还有一次以谈话下酒的经历在什么地方等着我。只是不知那儿有没有玩牌者。

从诗人削瘦的脸上我感受到他是那么沉迷于深秋的凉意和傍晚光线充足时，那种转瞬即逝的温暖。因为他正就他的诗作中出现最多的秋天这个词或者有关秋天的场景和意象而沾沾自喜。

"我少年的时候，总是设想以一种平凡的方式死在一座美丽的花园里，周围是缠绕的藤萝和垂荡的柳枝。我把植物当作一种象征。有一天我是否可以把自己的尸首编入哪本植物志的某一页中，让自己在易于腐烂的东西中间寻求安恬的归宿。"

"我们这儿还有一座这样的花园。"鸵鸟在柜台后边也冷不丁插了一句。

"有一座！有一座！"玩牌者带头应和着。

我得给这位北方来客解围："喂！"我起身嚷道，"我要尿一尿啦！"

"我们这个钱庄造在一块坡地上，你随意啦。水往低处流嘛！"

诗人霍地立起，很有名士风度地扬扬手："随我来。"

我夹紧两腿，随诗人进入一条狭长的回廊，向花园走去。

"我们总有无穷无尽的走廊和与之相连的无穷无尽的花园，岁去年来，这类漫步与行走演绎出空穴来风般的神力，而异香熏人的花园则给人一种独寝花间，孤眠水上的氛围。行走和死亡同样妙不可言。"

"我可是要尿了！"我催促道。

"不忙。"诗人一路踱来，兴意盎然，"你看，"他突然顿住脚，"这是什么？"

在雕梁画栋的回廊尽头分明是一枚闪闪发光的铜币。

"稀罕之物！"

"这里是钱庄嘛！"我大不以为然。

"我在北方多年，未曾一见，真是不虚此行呀。"说话间神采奕奕，换了个人似的，"我们应当听个响。"诗人抬手将铜币掷向透过花园的杂木乱树斜射而来的夕阳中。

我们用较温和的语气探讨了一番铜币的铸造年代，诗人断定，这类在碎石道上一蹦五尺高的铜币，一准铸造于升平时代。而我则倾向于梦游时代的晚期。

就在这当口儿，铜币忽然带着叮当的响声朝坡下飞去。我正犹豫，诗人已率先向坡下追赶而去。

诗人跑起来，两臂前后摆动，仿佛在晚霞的余光中划着一艘孤独而华丽的龙舟。我跑起来则比较拘谨——因为夹着尿。不一会儿，我便被落下许多。在家乡的坡道上，我苦苦追求的形象，幻景般地令我自己感动不已。

"喂。我说你呀！赶路要谦卑，不要超出单纯的界限。"玩牌者不知什么时候也来到雨后的泥地里溜达。他一边杂耍似的洗着牌，一边从嘴里吐出黏糊糊的瓜子壳。

就这会儿工夫，诗人已跑得无影无踪。

一个卖春药的江湖骗子用骨瘦如柴的胳臂驱赶着从他那口黄牙间飞出的唾沫星子。同时向空中撒出一把铜币："为了爱情。你们应该这样花钱。"他榜样般地伸长了青筋凸起的脖子，"严格地说，"他劝谕道，"我是一个媒人。"

"你看见一个诗人了吗？"我上前问道，"一个追赶铜币的诗人。"

"你是说诗人？他已不再追赶铜币，半道上，他随几个苦行僧追赶一匹发情的骡子去啦！"

我没想到诗人这么快就放弃了追求的目标，我几乎看见石板道旁草根的苦香，吸引着骡子和苦行僧和诗人一头扎进了十二月的竹林。

我出身贫寒，决无御风而行的韵致，更何况那枚引人注目的铜币此刻已经滚到了坡道的尽头。在那儿的一长排妖媚的柳树之下，地摊上的棋手们杀得正酣。铜币刚好弹至一位下棋的盲者跟前。那盲者恰好走了一着妙棋。得意地一伸腿，神助似的将铜币踢入道旁的阴沟里了。

诗人此去再也没有回来。显然，我只是他南方之行的一个微不足道的插曲。

夜晚已经不可避免地来临。我想，我是这月光下唯一的夜行者了。倘若我愿意，我还可以面对另一个奇迹：成为一只空洞的容器——一个杜撰而缺乏张力的故事刚好是它的标志。

尾　声

放筏的人们顺流而下。

傍水而坐的是翩翩少年是渔色的英雄。

1986 年 10 月 8 日田林新村

选自《访问梦境》

长江文艺出版社 1993 年版

作家的话 ◈

社会变化和艺术形式的变化是互相联系着的，这是历史所揭示的。我们的困难在于，能不能找到与之相应的知觉结构，并且将它呈现出来。更困难的是，我们试图寻求超脱的凡胎肉体很快会在尘世的喧嚣中疲软下来，产生一种"无法弥补和无法挽救的感觉"。照狄克斯坦的说法，就是"长大成人"。开辟新的道路几乎是不可能的，我们所能做的工作非常有限，这不是一个才智问题。……重要的是，我们是否这样设想艺术作品：它诉之于我们感受欣喜和惊奇的能力，我们关于人生笼罩着神秘的体会；诉之于我们的怜悯感、美感、痛苦之感；诉之于一种与众生万物风雨同舟的潜在感情（康拉德）。这事情很平凡，不会高于一个在田野上辛勤耕耘的农夫。但它可能非常奇特，犹如种子发芽并且最终结出果实。

《学习写作》

评论家的话 ◈

孙甘露是一个真正的信使，他的职业注定他以走的姿势在世。对信函意象和递信情态的沉溺，最终决定了他必须通过走和"访问"的途径抵达梦境。聒噪，基本上就是信使的自我交谈和自我验证，正是在自我倾听里，他获得了必要的和杜撰的幸福。……孙甘露的游戏没有机诈的成分。他在故事（包括整体象征）的层面上保持着形而上的严肃性，他在繁复意象的建构中成了一个搭积木的孩子，为游戏的进展而快活地聒噪，漂亮的字词像子弹一样轰击着读者的胸膛，将其逼入没有出口的通道。他的小说是一组绝望主义的罕有文献……知识分子的颓废是他谴责的最初对象；为追逐一枚铜钱或一头发情的骡子而放弃了信念的诗人，或者那些怀古伤春的六指僧侣都是速朽和丑恶的阶层，但他们却成为占有历史的贵族。与此同时，他稍带地指斥了一下"耳语城"市民的卑琐和无耻。在遍涉了知识分子、市民、种族和人类之后，孙甘露便以他自己的方式完成了末日的审判。

朱大可：《都市的老鼠》

林斤澜

溪鳗 · 蚱蜢舟 （《矮凳桥风情》节选）

林斤澜，1923 年生于浙江温州。1937 年为参加抗日宣传工作而辍学，辗转西南各地，做戏剧工作。1945 年毕业于重庆社会教育学院。1949 年以后到北京市文联工作。20世纪 50 年代开始发表作品。80 年代曾任《北京文学》主编多年，至 1990 年卸任。主要作品有小说集《林斤澜小说选》《矮凳桥风情》《满城飞花》《十年十癔》和散文集《舞伎》等。其创作在 60 年代初就显示出独特的成熟的风格。进入80 年代后，又在寂寞中沉着地进行多样而奇特的艺术探索。作品多半描写"文革"十年浩劫中知识分子和农民的生活，笔触冷峻、峭刻、诡奇，在变形中呈现出一种"冷美"。《矮凳桥风情》和《十年十癔》两个系列小说在叙事艺术方面又有新的追求。2009 年于北京去世。

溪　鳗

自从矮凳桥兴起了纽扣市场，专卖纽扣的商店和地摊，糙算也有了六百家。早年间，湖广客人走到县城，就是不远千里的稀客了。没有人会到矮凳桥来的，翻这个锯齿山做什么？本地土产最贵重的不过是春茶冬笋，坐在县城里收购就是了。现在，纽扣——祖公爷决料不着的东西，却把北至东三省、内蒙古，南到香港的客人都招来了。接着，街上开张了三十多家饮食店，差不多五十步就有一家。这些饮食店门口，讲究点的有个玻璃阁子，差点的就是个摊子，把成腿的肉，成双的鸡鸭，花蚶港蟹，会蹦的虾，吱吱叫的鲜鱼……全摆到街面上来，做实物招牌。摊子里面一点，汤锅蒸锅热气蒸腾，炒锅的油烟弥漫。这三十多家饮食，把这六百家的纽扣，添上了开胃口吊舌头的色、香、味，把成条街都引诱到喝酒吃肉过年过节的景象里。

拿实物做广告，真正的招牌倒不重要了。有的只写上个地名：矮凳桥饭店。有的只取个吉利：隆盛酒楼。取得雅的，也只直白叫作味雅餐馆。唯独东口溪边有一家门口，横挂匾额，上书"鱼非鱼小酒家"，可算得特别。

这里只交代一下这个店名的由来，不免牵扯到一些旧人旧事，有些人事还扯不清，只好零零碎碎听凭读者自己处理也罢。

店主人是个女人家，有名有姓，街上却只叫她个外号：溪鳗。这里又要交代一下，鳗分三种：海鳗、河鳗、溪鳗。海鳗大的有人长，蓝灰色。河鳗粗的也有手腕粗，肉滚滚一身油，不但味道鲜美，还滋阴补阳。溪鳗不多，身体也细小，是溪里难得的鲜货。这三种鳗在生物学上有没有什么关系，不清楚。只是形状都仿佛蛇形，嘴巴又长又尖，密匝匝锋利的牙齿，看样子不是好玩的东西，却又好吃。这三种鳗在不同的水域里，又都有些兴风作浪的传说。乡镇上，把一个女人家叫作溪鳗，不免把人朝水妖那边靠拢了。

不过，这是男人的说法。女人不大一样。有的女人头疼脑热，不看医生，却到溪鳗那里喊喊喳喳，一会儿，手心里捏一个纸包赶紧回家去。有的饭前饭后，爱在溪鳗店门口站一站，听两句婆婆妈妈的新闻。袁相舟家的丫头她妈，就是一天去站两回三回的一个。

这天早晨，丫头她妈煮了粥就"站"去了。回来把锅里的剩粥全刮在碗里，把碗里的剩咸菜全刮在粥里，端起来呼噜喝一大口，说："溪鳗叫你去写几个字呢。"

袁相舟穷苦潦倒的时候，在街上卖过春联，贴过"代书"的红纸，街坊邻居叫写几个字，何乐不为。答应一声就走了去。

这家饮食店刚刚大改大修，还没有全部完工。先前是开一扇门进去，现在整个打开。后边本来暗洞洞的只一扇窗户，窗外是溪滩，现在接出来半截，三面都是明晃晃的玻璃窗，真是豁然开朗。这接出来的部分，悬空在溪滩上边，用杉篙撑着，本地叫作吊脚楼的就是。

还没有收拾停当，还没有正式开张。袁相舟刚一进门，溪鳗就往里边让。袁相舟熟人熟事的，径直在吊脚楼中间靠窗坐下，三面临空，下边也不着地，不觉哈了一口气，好不爽快。这时正是暮春三月，溪水饱满坦荡，好像敞怀喂奶、奶水流淌的小母亲。水边滩上的石头，已经晒足了阳光，开始往外放热了；石头缝里的青草，绿得乌油油，箭一般射出来了；黄的紫的粉的花朵，已经把花瓣甩给流水，该结子结果的要灌浆坐果了；就是说，夏天扑在春天身上了。

一瓶烫热的花雕递到袁相舟手边，袁相舟这才发觉一盘切片鱼饼，一双筷子、一个酒杯不知什么时候摆上桌子。心想先前也叫写过字，提起笔来就写三个大字"鱼丸面"，下边两行小字："收粮票二角五、不收粮票三角"。随手写下，没有先喝酒的道理，今天是怎么了？拿眼睛看着溪鳗……

素日，袁相舟看溪鳗，是个正派女人，手脚也勤快，很会做吃的。怎么说很会做呢？不但喜欢做，还会把这份喜欢做了进去，叫人吃出喜欢来。她做的鱼丸鱼饼，又脆又有劲头，有鱼香又看不见鱼形。对这样的鱼丸鱼饼也还有不实之词，对这个做鱼丸鱼饼的女人家，有种种稀奇传说，还有这么个古怪外号，袁相舟都以为不公道。

追究原因，袁相舟觉着有两条：一是这个女人长了个鸭蛋脸，眼窝往里眍。本地的美人脸都是比月亮还圆，月亮看去是扁的，她们是圆鼓鼓的。再是本地美人用不到过三十岁，只要生了两个孩子就出老了。这个女人不知道生过孩子没有，传说不一，她的年纪也说不清。袁相舟上中学的时候，她就鲜黄鱼一样戳眼了。现在袁相舟鹤发童颜一个退休佬，她少说也应当有五十。今天格子布衫外边，一件墨绿的坎肩，贴身，干净，若从眼面前走过去，袅袅的，论腰身，说作三十岁也可以吧。

溪鳗见袁相舟端着酒杯不喝，就说戏文上唱的，斗酒诗百篇。

多喝几杯，给这间专卖鱼丸、鱼饼、鱼松、鱼面的鱼食店，起个好听的名号。溪鳗做鱼，本地有名气，不过几十年没有挂过招牌，大家只叫作溪鳗鱼丸，溪鳗鱼面……怎么临老倒要起名号了？袁相舟觉着意外，看看这吊脚楼里，明窗净几，也就一片地高兴，说：

"嘻，你看丫头她妈，只给我半句：叫你写几个字。连一句话也没有说全。"

溪鳗微微一笑，那牙齿密匝匝还是雪白的，说：

"老夫妻还是话少点的好，话多了就吵了。不是吵，哪有这么多话说呢。"

说着，眼睛朝屋角落一溜。屋角落里有个男人，坐在小板凳上，脚边一堆木头方子，他佝偻着身子，拿着尺子，摆弄着方子，哆哆嗦嗦画着线。要说是小孩子玩积木吧，这个男人的两鬓已经见白了，脑门已经拔顶了。袁相舟走进屋里来，没有和他打招呼，没有把他当回事。他也没有出声，也没有管别人的闲事。

锅里飘来微微的煳味儿，这种煳味儿有的人很喜欢。好比烟熏那样，有熏鸡、熏鱼、熏豆腐干，也有煳肉、煳肘子，这都是一种风味。溪鳗从锅里盛来一盘刚焙干的鱼松，微微的煳味儿上了桌子。袁相舟也不客气，喝一口酒，连吃几口热鱼松，鱼松热着吃，那煳味特别的香，进口的时候是脆的，最好不嚼，抿抿就化了。袁相舟吃出滋味来，笑道：

"你这里专门做鱼，你做出来的鱼，不论哪一样，又都看不见鱼。这是个少有的特点，给你这里起个招牌，要从这里落笔才好。"

溪鳗倒不理会，不动心思，只是劝酒：

"喝酒，喝酒，多喝两杯，酒后出真言，自会有好招牌。"

说着，在灶下添火，灶上添汤，来回走动，腰身灵活，如鱼游水中，从容自在。俗话说忙者不会，会者不忙，她是一个家务上的会人。

　　袁相舟端着杯子，转脸去看窗外，那汪汪溪水漾漾流过晒烫了的石头滩，好像抚摸亲人的热身子。到了吊脚楼下边，再过去一点，进了桥洞。在桥洞那里不老实起来，撒点娇，抱点怨，发点梦呓似的呜噜呜噜……

　　那一座桥，就是远近闻名的矮凳桥。这个乡镇也拿桥名做了名号。不过桥名的由来，一般人都说不知道。那是九条长石条，三条做一排，下边四个桥墩，搭成平平塌塌、平平板板的一条石头桥。没有栏杆，没有拱洞，更没有亭台碑碣。从上边看下来，倒像一条长条矮脚凳。

　　桥墩和桥面的石条缝里，长了绿茵茵的苔藓。溪水到了桥下边，也变了颜色，又像是绿，又像是蓝。本地人看来，闪闪着鬼气。本地有不少传说，把这条不起眼的桥，蒙上了神秘的烟雾。不过，现在，广阔的溪滩，坦荡的溪水，正像壮健的夏天和温柔的春天刚刚拥抱，又马上要分离的时候，无处不蒸发着体温。像雾不是雾，像烟云，像光影，又都不是，只是一片朦胧。袁相舟没有想出好招牌来，却在酒意中，有一支歌涌上心头。二十多年前，袁相舟在县城里上学，迷上了音乐。是个随便拿起什么歌本，能够从头唱到尾的角色。

　　　花非花，雾非雾

　　　夜半来，天明去

　　　来如春梦几多时

去似朝云无觅处

这歌词原是大诗人白居易的名作。白居易的诗，袁相舟本来只知道"江州司马青衫湿"，那一首《琵琶行》。因唱歌，才唱会了这一首。

见景生情，因情来歌，又因歌触动灵机，袁相舟想出了好招牌，拍案而起。

身后桌子上，不知什么时候铺上了纸张，打开了墨盒，横着大小几支毛笔。这些笔墨都是袁相舟家的东西，也不知什么时候丫头她妈给拿过来了。袁相舟趁着酒兴，提笔蘸墨汁，写下六个大字："鱼非鱼小酒家"。

写罢叫溪鳗过来斟酌，溪鳗认得几个字，但她认字只做记账用，没有别的兴致。略看一眼，她扭身走到那男人面前，弯下腰来，先看看摆弄着的木头方子，对着歪歪扭扭画的线，笑起来说：

"画得好，真好。"

其实是和哄一年级小学生一样。说着平伸两只手在男人面前，含笑说了声：

"给。"

那男人伸手抓住她给的手腕子。溪鳗又说了声：

"起。"

男人慢慢被拉了起来，溪鳗推着男人的后背，走去看新写的招牌。

这个男人的眼睛仿佛不是睁着，是撑着的。他的脸仿佛一边长一边短，一边松动一边紧缩，一只手拳着，一半边身子僵硬。他直直地看了会儿，点着头：

"呜啊，呜啊，啊……"

溪鳗"翻译"着说：

"写得好，合适，就这样……"

一边让袁相舟还坐下来喝酒，又推着男人坐在袁相舟对面。袁相舟想着找几句话和男人说说呢，也不知道他喝不喝酒，给不给他拿个酒杯……还没有动身，溪鳗端过来两碗热腾腾的鱼面，热气里腾腾着鱼的鲜味、香味、海味、清味。不用动脑筋另外找话说了，眼前这鱼面的颜色、厚薄、口劲、汤料，就是说不尽的话题。

鱼面也没有一点鱼样子，看上去是扁面条，或是长条面片。鱼面两个字是说给外地人听的，为的好懂。世界上再没有别的地方，吃鱼有这种吃法。本地叫作敲鱼，把肉细肉厚，最要紧是新鲜的黄鱼、鲈鱼、鳗鱼，去皮去骨，蘸点菱粉，用木槌敲成薄片，切成长条……

三十年前，这个男人是矮凳桥的第一任镇长。那时候凡是个头目人，都带枪。部长所长背个"木壳"，镇长腰里别一支"左轮"。那"左轮"用大红绸子裹着塞在枪套里，红绸子的两只角龇在枪套外边，真比鲜花还要打眼。记不清搞什么运动，在一个什么会上，镇长训话：

"……别当我们不掌握情况，溪鳗那里就是个白点。苍蝇见血一样嗡到那里去做什么？喝酒？赌钱？迷信？溪鳗是什么好人，来历不明。没爹没娘，是溪滩上抱来的，白生生，光条条，和条鳗鱼一样。身上连块布，连个记号也没有，白生生，光条条，什么好东西，来历不明……"

过不久，规定逢五逢十，溪鳗要到镇上汇报思想，交代情况。镇长忙得不亦乐乎，溪鳗要跟着他走到稻田中间，或是溪滩树林去谈话。

　　镇长当年才二十多岁，气色红润，脸上还没有肥肉，身上已经上膘。一天傍晚，从锯齿山口吃了酒回来，敞开衣服，拎着红绸枪套，燥燥热热地走到矮凳桥头，日落西山，夜色在溪滩上，像水墨在纸上洇了开来。镇长觉着凉爽，从桥头退下来，想走到水边洗一把脸，醒一醒酒。哟，水边新长出来一棵柳树？哟，是个人，是溪鳗。

　　"你在这里做什么？鬼鬼怪怪的。"

　　溪鳗往下游头水里一指，那里拦着网：

　　"人是要吃饭的。"

　　"也要吃酒，这两天什么鱼多？"

　　"白鳗。"

　　"为什么白鳗多？它过年还是过节？"

　　"白鳗肚子胀了，到下边去甩籽。"

　　镇长把红脸一扭："肚子胀了？"两眼不觉乜斜，"红鳗呢？"

　　溪鳗扭身走开，咬牙说道：

　　"疯狗拉痢，才是红的。"

　　夜色昏昏，水色沉沉，镇长的酒暗暗作怪，抢上两步，拦住溪鳗，喘着说道：

　　"我说有红鳗，就是有。不信你过来。"

　　溪鳗格格笑起来，说：

　　"慢着，等我拉网捉了鱼，到我家去，给你煮碗鱼汤醒醒酒。我做的鱼汤，清水见底，看得见鱼儿白生生，光条条……"

镇长扯开衣服，说：

"我下水帮你拉网。"

扭头只见溪鳗走上了桥头。镇长叫道：

"你往哪里走？你当我喝醉了？渔网在下游头，水中央……"

溪鳗只管袅袅地往前走，镇长追了上去，说：

"我没有醉，骗不了我，随你鬼鬼怪怪……"

眨眼前，只见前边的溪鳗，仿佛一个白忽忽的影子。脚下绿茵茵的石头桥却晃起来，晃着晃着扭过长条石头来。这桥和条大鳗似的扭向下游头，扭到水中央，扭到网那里，忽然，一个光条条的像是人，又像是鳗，又好看，又好怕，晃晃地往网那里钻……

镇长张嘴没有叫出声来，拔腿逃命不成脚步。有人在路边看见，说镇长光条条，红通通——那是酒的不是了。

一时间，这成了茶余酒后的头条新闻。过不久，镇长倒了霉，调到一个水产公司当了个副职。这还藕断丝连地给溪鳗捎些做鱼松的小带鱼，做鱼丸的大鲈鱼来。

袁相舟到县城上学，在外边住了几年。隐绰绰听说溪鳗生过一个孩子，和谁生的？究竟有没有做下这种传宗接代的事？也无凭据。

倒是这乡镇改造过商贩，也不断割过"尾巴"，个体的饮食业好比风卷落叶了。可是风头稍过一过，溪鳗这里总还是支起个汤锅，关起门来卖点鱼丸，总还有人推门进来，拿纸包了，出去带门。

袁相舟看见过屋里暗洞洞的，汤锅的蒸气仿佛香烟缭绕，烟雾中一张溪鳗的鸭蛋脸，眍眼窝里半合着眼皮，用一个大拇指把揉透的鱼肉，刮到汤锅里，嘴皮嚅嚅的不知道是数数，还是念咒。有的女人家拿纸包了回家，煮一碗热汤，放上胡椒米醋，又酸又辣端给病人吃。

袁相舟又喝了两杯花雕，看着对面当年的镇长，把一碗鱼面吃得汤水淋漓，不忍细看。转头去看窗外，蒸蒸腾腾，溪上滩上似有似无的烟雾，却在心头升起，叫人坐不住，不觉站起来，拿笔斟酌着又写下几句：

> 鳗非鳗，鱼非鱼
>
> 来非来，去非去
>
> 今日春梦非春时
>
> 但愿朝云长相处

溪鳗走过来看一眼，没有看清，也不想看清，就扭身拿块布给那男人擦脸上、手上、衣襟上的汤水，搀起男人，推着他到字纸面前。男人直着撑着的眼睛看了会儿：

"呜啊呜啊，呜呜呜啊……"

溪鳗淡淡笑着，像是跟自己说话：

"他说好，他喜欢，他要贴起来，贴在哪里？他说贴在里屋门口，说贴就要贴，改不了的急性子……"

男人伸手拿纸，拳着的左手帮着倒忙。溪鳗说：

"你贴你贴，我帮你拿着这一头。"

溪鳗伸开两只手，拿住了纸张的五分之四，剩下一条边让男人托着，嘴里说：

"我们抬着，你走前头，你看好地方，你来贴……"

溪鳗在里屋门口板壁上刷上浆子，嘴里说：

"我帮你贴上这个角，帮你贴贴下边。你退后一步看看，啊，不歪不斜，你贴端正了……"

却说当年的镇长祸不单行，随后又打个脚绊，从水产公司的副职上跌下来，放到渔业队里劳动。不多几年前，队里分鱼，倒霉镇长看见鱼里有条溪鳗，竟有两尺长，实在少见。就要了来盘在竹篮里，盖上条毛巾，到了黄昏，挎着篮子回家去。劳动地点离他家有七八里路，走着，天黑了。那天没有月亮，黑得和锅底一样。倒霉镇长把这走熟了的路，不当回事，只管脚高脚低地乱走，只把盘着溪鳗的篮子抱在怀里。其实怀里还不如脚下，高高低低还好说，乱乱哄哄说不得……忽见前边一溜灯火，这里怎么有条街？灯火上上下下，这条街上有楼？走到什么地方来了？只见人影晃晃的，人声嗡嗡的，细一看，看不清一个人模样，细一听，也听不清一句人话……倒霉镇长吃惊不小，把篮子紧紧搂住，忽觉得毛巾下边盘着的溪鳗，扑通扑通地跳动。镇长的两只脚也不听指挥了，自己乱跑起来。又觉得脚底下忽然平整了，仿佛是石板，定睛看时，模模糊糊一条石头桥，一片哈哈水声。在一个墨黑墨黑的水洞里吗？不对，这是矮凳桥，烧成灰也认得的矮凳桥。怎么走到矮凳桥来了呢！倒霉镇长的家，原在相反的方向。镇长一哆嗦，先像是太阳穴一麻痹。麻痹电一样往下走，两手麻木了，篮子掉在地上，只见盘着的溪鳗，顶着毛巾直立起来，光条条，和人一样高。说时迟那时快，那麻痹也下到腿上了，倒霉镇长一摊泥一样瘫在桥头。

一时间，这又是茶余酒后的头条新闻。不过，有件事不是说说的。众人亲眼看见，溪鳗从卫生所把这个男人接到家里来，瘫在床上屎尿不能自理，吃饭要一口口地喂。现在这个样子算是养回来了，像个活人了。贴上了字纸，还会直直盯着，呜啊呜啊地念着，是认得字的。

呜啊，里屋门一开，跑出来一个七八岁的女孩子，直奔后窗，手脚忙不迭地爬上凳子，扑出身子看外边的溪滩，人都来不及看见她的面貌。溪鳗三脚两步，风快走到女孩子身后，说：

"怎么？怎么？"

女孩子好像是从梦中惊醒的，说：

"妈妈，鱼叫，鱼叫。妈妈，叫我，叫我。"

溪鳗搂住女孩子，那鸭蛋脸差点贴着孩子的短发，眍眼窝里垂下眼皮，嘴唇嚅嚅的。啊，袁相舟心里也一惊，真像是念咒了：

"呸，呸，鱼不叫你，鱼不叫你。呸，呸，鱼来贺喜，鱼来问好。女儿，女儿，你是溪滩下抱回来的，光条条抱回来，不过你命好，赶上了好日子，妈妈有钱也有权开店了。妈妈教你，都教你，做好人，开好店，呸，呸……"

袁相舟想溜掉，回头看见那男人，眼睛直撑撑地站在角落里，嘴角流下口水，整个人颤颤的，是从心里颤颤出来的。

袁相舟趄着脚往外走，却看见丫头她妈挑来一挑碧绿青菜，正要叫唤。袁相舟打个手势叫她不要声张，做贼一样踮着脚走了出来，走到街上，还只管轻手轻脚地朝家里走。

丫头她妈小声说道："莫非吃错了酒了。"

舴艋舟

李地倒了霉，下放在锯齿山林场种树，却带大了三个女儿。街上的人说好福气，三个女儿三朵花一样。李地笑道：三朵梅花。

若真是梅花，只得一个性格。若是"霉花"，就有不一样的"霉法"。这些名堂同音自不用说，不过本地土话里是有把铜青绿叫作霉花的。李地以为大女儿笑翼懂事那时，环境还不太"左"，李地也还不服，新落网的鲤鱼一样，还在那里拼（读丙）。因此大女儿泼辣，嘴头有"口劲"，同窗好友叫她"官"。三女儿笑杉又赶上了落实政策，快活得成天嘻嘻哈哈，是一个"哈哈鲁"。这个鲁不是粗鲁，是子午心没定。这种性格分析照时下看来，古板了。不过李地虽因新式倒了二十年霉，却还是个古板脑筋。

只有二女儿笑耳，真真是朵"霉花"。她在肚子里正好是"番薯汤，映灯光"的年月，生下来一只猫一样。才两三个月，乌鲤场长照顾李地，叫李地在家里做"农工吼一吼，地球抖三抖"的"诗"。和做鞋一样，定做多少都是有数目的，李地算着数，眼角里看见床上被单"抖三抖"，走过去一看，笑耳不知怎么的把被单角弄到自己头上，贴面。没有力气打开，也没有元气哭出来。李地掀开被单，只见颜色都乌青了，心想：这还有救？抱起来拍拍打打，又小猫一样哭出来一声，歇一息，又哭出来一声……

李地叹道："这个女儿'皮市'。"

锯齿山上没有中学，若要上中学只好到矮凳桥中学去住宿。大女儿笑翼应当上中学那年，学校里停课闹革命。等到复课闹革命时节，笑耳也小学毕业了。李地排了几天阵，宣布只能去一个人。笑翼立刻答应道：

"笑耳去好了，她是条书虫，没有别的用场。我在家里还好把柴仓包下来。"

笑耳想了想，问道：

"妈妈，只怕是拿不出两个人的白米？"

李地点点头。

"番薯干呢？"

"单吃番薯干，身体顶不牢，同学也会笑。"

"我说我有病，吃不得白米。妈妈，我像个有病的样子，鬼也会相信的。"

娘儿三个商量好两份番薯干，一份白米。姊妹两个掺着吃。

到学期考试，考了一堂语文出来，笑耳头晕眼花，差点儿栽在操场上。笑翼把妹妹背到宿舍躺着，转身去做饭，才发现这一个月，笑耳单吃番薯干。

第二天要考历史，笑翼守在床前背唐、宋、元、明、清。笑耳觉着好比躺在小船上，只求姐姐：

"声音大一点，再大一点，好了好了……"

第二天满卷是填空，笑耳填得比笑翼还多。

李地叹道："这个女儿真叫作'皮市'。"

"皮市"，有的地方写作"皮实"。若指街市上用物，是说卖相不算花哨，却是经久耐用。若指人，是说先天后天"用"料不足，倒经得起磨、折、丢、跌。其实，说的是生命中的韧性。

石头缝里钻出一点绿来，那里有土吗？只能说落下点灰尘。有水吗？下雨湿一湿，风吹吹就干了。谁也不相信，谁也不知觉，这样的不幸，怎么会钻出一片两片绿叶，又钻出花苞，又钻出紫色的又朴素又新鲜的花朵。人惊叫道："皮市。"单单活着不算数，还活出花来叫世界看看，这是"皮市"的极致。

学校里紧一阵、松一阵、瘫一阵。有天，清早的雾——本地叫作"幔"，还幔着矮凳桥。幔里影绰绰站着一个女孩子，低头盯着桥洞下边的流水，那水哈哈哈的在幔里哈气。幔头是掉下来的云头，幔脚是哈上去的水脚，哪里来的女孩子？若是掉下来的是仙，若是哈上去的是鬼。

第二天清早的幔格外重，天都坠坠的，又看见那个女孩子，她在那里做什么？低着头是要朝水里钻，又没有钻。莫非哄人过去，这好看东西是个寻替身的……

第三天清早，就有人喝了烧酒，走到幔里桥面，径直朝那女孩子撞去，对头巴面一认，哟，梅花一朵，这是真笑耳，还是变出来的笑耳？

"她在那里做什么？""她在那里眼光光做什么？""她在那里眼光光朝下哈气做什么？""她在那里眼光光、头朝下、脚朝上、哈哈哈做什么？"街上传来传去，传成了这款式的头条新闻。

须知矮凳桥头，历来是出鬼的地方。须知越出鬼，越是重地。好比祠堂，那是供退离人世的祖公爷长远休养的地方，那里的门板踢都踢不得，逢年过节还要去烧香、磕头、摆酒席、放百子炮……矮凳桥头，在老老小小心目中，是成条街的穴道、脉口、风水咽喉。矮凳桥头出了新闻，老人家半夜把月光当天光，后生家黄昏吃饭不晓得碗数，女人家都橄榄臀儿坐不牢了……

一个老娘说：

"勿慌勿慌，等我走去请她开开口，听听声响。反正一脚棺材里一脚棺材外的人，做替身趁早做好，趁早趁早……"

老娘一脚踏上桥头，老远招呼道：

"笑耳笑耳，一朵花也没有你新鲜，勿把头看晕了，走过来走过来，老娘有话把你说，你有话也好说把老娘……"

笑耳回头一笑——老娘倒退一步，抢下桥去，上气不接下气：

"阿弥陀佛，阿弥陀佛，不笑还好，不笑还好，笑起来和纸人儿多一口气一样……"

街上有几个造反后生家，闲日看笑耳走过，看得流涎只当作下巴漏了。开动造反脑筋，做了"破四旧"的分析，商量着总要诈出一句话来才算数。一个漏下巴自告奋勇，轻脚轻手摸到笑耳后边，仿佛胳肢窝里轧出个人头来，暴口慌叫道：

"看见蚱蜢船儿了？"

真把笑耳吓了一跳，随口惊叫：

"蚱蜢船儿，蚱蜢船儿，蚱蜢船儿……"

除了蚱蜢船儿，也没有说出成句的话来。不过够了，有多了，翻筋斗了。满街都说：

"桥洞水底现出蚱蜢船儿了。"

一句比一句声大：

"头朝外！朝外拱！！拱得动一爿山！！！"

轻言细语：

"寅时三刻看得见。"

"童男贞女看得见。"

好比念咒：

"朝外，朝外。五谷五金、五十一百。日走成行，夜走成排……"

……

这蚱蜢船儿，原是本地通用小船，木制，狭长，两头尖。走溪过滩轻便灵巧，好比草地上的蚱蜢。

本地出产木头，长年有笔直轮圆的杉木松木，扎成木排，排连排一条龙顺水而下。靠山吃山，地方上做木头生活的就多了，分大木、圆木、方木、细木、车木……各有专业，各显手段。大木是专门起屋的，早年有位大木师傅得祖师真传，会"走阴"，他姓周。

锯齿山沟里有个船老大，做水上生意发了财，请周师傅起屋。屋倒平常，只是屋边起个佛堂还愿。这佛堂又有一样讲究，墙上嵌一方一方青石，石上是阴线石刻，合拢一幅大画，题着"妈祖显圣"。只见风起云涌，惊涛骇浪，大小船只上百，蚱蜢船儿居半，或在浪尖倾斜，或在浪底半淹水中，浪上云下，有一仙姑指引……

这佛堂是家庙，也接受十方香火，人称佛堂殿。殿边家屋就叫作佛堂屋了。周师傅一心一意先起好佛堂殿，到了佛堂屋就不耐烦起来。乡里规矩，招待起屋师傅天天两顿酒是少不得的，总还要见见荤腥。水乡的人爱吃鱼胜过肉，这人家端上来下酒的是鱼松。

你若晓不得鱼松是什么东西，请到鱼非鱼小酒家见识见识，那店主婆溪鳗做的鱼松喷香。她是用小带鱼连皮带骨炖酥，再用文火焙干，焦黄，颗粒状，价廉物美。早先发财人家的鱼松，是把三斤起码的黄鱼鳖鱼片下肉来，先蒸后炒，炒成淡黄色的丝丝，放到嘴里蓬蓬松松是脆的，嗒嗒舌头就化了。端出这样的鱼松待客，是

"加一"的待你——十分再加一分。

周师傅虽说是大木行中名师真传的高徒，却只在乡下地方做生活，竟认不得这"加一"的鱼松。心想：真叫老古话说着了，越有越没有，越发越皮臭。发财起屋，还天天把点鱼末叫师傅干咽。做大木生活汗水匝匝滴不用说，你看那佛堂殿，四柱八梁，都一个人抱不过来，说声起，严丝合缝，差一个手指头也坍台。你就是喂猫也总有成条的……因此多了心，在家屋门口做下点手脚。

过了十年，周老师傅在矮凳桥团圈东造间屋，西起个楼。有一天路过山坳，只见佛堂殿四方八面端端整整，那佛堂屋却门窗破倒，瓦背茅草，暗自一惊：虽说十年河东十年河西，究竟败得也快了点。想着进门去张张，船老大已经过世了，老婆婆头发花白，见了周师傅，泪眼婆娑非要留饭。说，若不嫌穷气"带携"人，好坏喝口酒走。这话落地和秤锤一样，不便推辞。老婆婆烫了一壶酒，端出来两条五六寸长咸菜黄花鱼，叮叮叨叨劝酒道：

"想当初不该起屋，福气福气，福小气大，家私水一样淌走了。你在我这里做生活，这样的鱼孙哪里端得上桌，都是买的吱吱叫的大黄鱼，还只片点肉来炒做鱼松……"

周师傅心里叫道：罪过罪过。这十年里也见了些世面，晓得鱼松是什么货色。喝了几口酒，坐不稳当，拿起家什说：

"大门斜了，帮你修修吧。"

原来门槛下边，埋下一条蚱蜢船儿，船头朝外。周老师傅装作修门，把船儿掉个头，朝里。这佛堂屋眼见一年年又发起来自不多言。

却道若要人不知，除非己莫为。周师傅得了个外号：蚱蜢周……

慢来慢来，鱼非鱼小酒家里，溪鳗端出来焦香的鱼松，酒客们抬起杠来，本来喝半斤的也喝了斤半，一位盯着一位一答一对：

"老蚱蜢晓不得鱼松？"

"若晓得鱼松，怎么会做手脚？"

"只怕他见过的鱼松比你吃的番薯干还多。"

"照你说就没有这起事故了。"

"若没有，我和你红口白牙的做什么？我们两个赌一斤酒……"

"我晓得你会说老蚱蜢周得道之人，若为口鱼松做手脚，他不怕报应？"

"闪电打雷他朝哪里躲？那年老蚱蜢把小蚱蜢带在身边学手艺……"

"小蚱蜢那年几岁了？"

"自家男儿，不论大小。小蚱蜢头回出山，没有见过鱼松，是这个'童子痨'做的手脚。"

"老蚱蜢晓不晓得？"

"不晓得。"

"不晓得，怎么晓得去掉转船头？"

横边桌上一位酒客插上来说道：

"两位两位，不是老蚱蜢，也不是小蚱蜢，手艺人有手艺人的规矩，随便做手脚，那还了得！是佛堂殿上的石刻，少了一条蚱蜢船儿。不信你走去张一张，有一块白忽忽，摸一摸，一条槽。马无夜草不肥，人无横财不富，当初船老大做过亏心……"

真是口舌底下压得死人，先放过一边。

到了"内乱"时节，"破四旧"的后生家也分两派，这一派烧书，那一派就要砸烂招牌，总要出点新花样，你赛过我，我赛倒你。其实这倒是旧风俗，不但赛龙灯，赛龙船，连救火的水龙朝火场赶，也要赛脚步，赛锣鼓，赛旗号……

有一派怎么想起了门槛下的蚱蜢船儿，老蚱蜢周已经过世，就把小蚱蜢周揪来"做纱头"。北方把揪斗时候的推、搡、擒、拿手段形容作"摇煤球"，是北国风光。本地的"做纱头"，也是就地取材。纱厂和养蚕人家，都是把蚕茧放在热锅里，伸手到滚汤中抽出纱头来。这"做纱头"和"摇煤球"赛一赛，只怕是略胜文采？

偏偏小蚱蜢周只黑着脸、摇着头。若开口，只说没有。做不出纱头来，后生家索性做顶三尺高的纸帽，上书"走阴妖人"，游了街，穿过田野，在水稻、野草、杨柳中间，一路叫着口号，走到佛堂屋，把门槛砍掉，掘下去一米深，还是小蚱蜢周那句话：没有。

对立面那一派贴出大字报，叫作"矛头指向劳动人民"。倒把小周救了。

不过"破四旧"破出满街的"旧"闻：佛堂屋门槛下的蚱蜢船儿走了。走到谁家，谁家墨黑。走到哪爿店，哪爿店关门。走过街，和大水淌过一样。……后生家，打什么派仗，夺什么权，那盐豆腐干印当不得饭吃。倒不如去寻寻蚱蜢船儿，谁寻着了谁坐头一把交椅。

因此，说声笑耳看见蚱蜢船儿，在桥洞水底朝外拱着，成条街沸反盈天，就是这个缘故。

李地把笑耳叫到山上住几天，交代她少到外面走动，问道：

"你站到桥上看什么？"

"看水。"

"水有什么好看？"

"又蓝又绿，又不蓝又不绿。"

李地想想这个女儿喜欢画点水彩画，说：

"是不是想画一画水。"

"画了，总画不好。"

"那你坐那里写生，也省得别人见神见鬼。"

"只怕破'四旧'。"

李地想想"四旧"本没有定规，作兴水彩画也会"破"在里边，说：

"那你青空白日站那里看看也好点，偏偏挑清早，还发幔。"

"妈妈，幔里才叫好看，又蓝又绿又毛绒绒——新孵出来的鸟儿那样毛绒绒。"

李地叹了一声，觉着这个女儿一点错也没有——那年月只敢想有错没有错——只是时运最不好。偏偏到了这个地步，那皮包骨的小脑筋里，还水呀画呀、颜色呀、毛绒绒呀。平日做妈妈的也只会说声"皮市"，就没有多管她。李地心里酸酸地劝道：

"那你不要乱说话。你大姐那张嘴本来梆呀梆的，碰着这个时势，她也晓得当说不当说……"

"我没有乱说……"

"别人问你一声，你连声叫蚱蜢船儿，蚱蜢船儿。你明明晓得蚱蜢船儿在这条街上和阴司野鬼一样。"

"妈妈，我是正看着蚱蜢船儿。"

"啊！"

李地真正吓了一跳，心头扑扑地说不出话来。笑耳倒来解说：

"妈妈，不是水里真有，是我想象，想着想着就像真看见了，又蓝又绿又毛绒绒……"

"还毛绒绒哩！"李地一声比一声高起来，"不要再说了，不要想象了，不要决不要再去看了。"

笑耳回身拿出来几张画，李地看看画的都是水里的蚱蜢船儿，形状不一，那线条却看出来是从佛堂殿上的石刻上来的。不过石刻是阴线石刻，没有颜色，这是水彩……李地心里腾腾地起了幔。

却说小蚱蜢周揪斗以后，没有生活好做。这个时势没有人会癫起来起屋，就是娶媳妇修一修洞房间，也轮不到小蚱蜢头上。名声不好，他"霉"了，走路也抬不起头来，也不愿在街上落脚。

还是佛堂屋的老婆婆念旧，借他一间破屋，他改做车木混口饭吃。车木是骑在车架上，两脚踏动轮盘，转动车刀，把木头车成刀把、伞柄、烟斗……不过自从有了塑料、有机玻璃，大机器生产这些小杂货，好看还不贵，把车木手艺顶到死角落里。小周就在角落里车算盘珠，算盘珠也有塑料的，但没有竹木的活脱，这手艺还可以半死不活地熬着。

林场里分下来些番薯，李地或烤或煮了当饭吃。这也是有数的东西，李地大小配搭了一人一份。常常看见笑耳吃了两个小的，把那个大的放过一边，说是等会儿饿了填肚。

有天，李地在山坡上查看新栽的树苗，忽然看见笑耳在坡下只顾走，低着头，手里一个报纸包。做妈妈的心和闪电一样飞快、准确，断定包在报纸里的是烤番薯。断定是朝佛堂殿走。走去送给老婆婆吗？不一定。难道是给小周送去？他们小学里同过学，同坐过一张书桌。上中学后没有听说什么。这个女儿身背后，只叫人指点着说是一朵花，连有刺，或香或臭，或牵丝攀藤的话一句也没有……这个小蚱蜢现在穷途末路，算盘珠若卖不出去，还不如番薯干，当不得饭吃。这两个为什么不走明路？我这个妈妈还不算明白人？大清早站在桥头幔里，和这个有没有关系……想到这里，做妈妈的心里就像一蓬茅草点着了火，钻出树林，不管路不路，朝坡下、朝佛堂殿三脚当作两步走。

眼睛盯着笑耳走进破倒门洞，不走台阶，穿过荒草，一脚跨上殿角，掀开点边边上的窗纸，朝里张。忽然缩回身，朝大殿横边一闪，这个女儿看不见了。

难道小蚱蜢周把车架搬到大殿里做生活？不可能，他不会这样胆大，也不会这样呆大。李地疑疑心心走进门洞，也不走台阶，也一脚跨上殿角。只见殿上门窗，褙褙一样贴着好几层大字报，大大小小的最高指示，横横直直的万岁，万万岁，万寿无疆。红纸绿纸晒白了，也还原封不动。李地心想谁出的好主意，明明是贴了一身的护身符。也在边边上掀开一条缝，里面暗洞洞阴森森，留神，却听见刷刷的声响，又轻又均匀，不像是扫地……眼睛慢慢地适应了，看出来有个后生家，把什么纸按在墙上，拿个刷子或是什么东西，在纸上磨过来刷过去……

这个后生五短身材，清瘦骨架，硬棒手脚，这是小周，他在拓石刻。不敢打开门窗，也不能点支蜡烛，他在暗洞洞里摸着拓。石刻是一方方青石拼起来的，他一张纸一张纸地拓，这要拓多少张？石刻嵌在一人高的墙中间，前沿只能横着脚站，小周和壁虎一样贴在墙上，要流多少汗？要多少筋骨酸痛？

李地觉着有一粒冷汗，总比黄豆还大，顺着自己的背脊滑溜溜地下来。她忍着，等着看看笑耳摸到殿里来，把烤番薯递给做苦力的小蚱蜢……笑耳没有进来，也没有声响。

李地不禁轻脚轻手，殿前殿后搜索了一下，没有女儿的身影，心头扑落扑落地走出来，走上山坡，发现自己站在荒草中间，秋后天气，草贼长。长老了，有的变红不红，有的要枯未枯，但都拼出全身气力去结子。风吹草动，是荒草萋萋，也是籽实垂垂。李地飘飘忽忽，忽然想道：

"一个赛一个，一个比 ·个'皮市'。"

街上"沸反"了几天，眼看快要烟消云散了。不晓得是东头还是西头，蹦出一句口号来：

"把蚱蜢船儿掉个头！"

不分东西，连哪一派号召，哪一派响应都说不清。反正是"山重水复疑无路，柳暗花明又一村"。这口号是希望的祷告，是振作的声响，是行动的呐喊。满街出现了"大联合"的警钟和棒喝：

"大水一样淌走的，叫它淌转来！"

"矮凳桥原是条火龙，叫火龙走归！"

"矮凳桥人头发都是空心的，晓不得空肚！"

"屋脊上的麒麟走到头了！"

"掉头！"

"掉头！！"

"掉头！！！"

十来个漏下巴的、空肚的、又漏又空的、越空越漏的后生家，走到佛堂屋把小蚱蜢周团团围起，朝矮凳桥头走，一路声明这回不是揪，是请，请，请。

请到桥头，请他下水。那水又蓝又绿，水面上有幔如纱，水中间有会变色的眼睛，水深不见底，只是张大的喉咙哈哈的哈着……

十来个后生家真站到这有名声的水面前，心里也打鼓。有的打了退堂鼓，有的只打打边鼓，没有人动手动脚。不过老老少少越来越多，不敢走到桥上来，拥挤在桥两头。

小周先还解释说，本来老人家手里，就没有"走阴"本事。现在他也没有看见水底有什么东西，像个蚱蜢的也没有，像个船儿的更没有。但拥在桥头的老少男女那里，一片嗡嗡糊里糊涂，却有老花的、乌黑的、眍的、眯的，还有含泪的眼睛，星星点点闪着希望。小蚱蜢周什么也不解释了。

一个漏下巴指指身边的后生们，说：

"你不要怕，我们给你当啦啦队。你一下水，我们就呐喊，把水鬼轰走。"

小蚱蜢周想笑没有笑好，变作摇头，说：

"你们省点元气吧，水鬼不会寻我做替身。寻我做什么？算盘珠当不得饭吃。"

后生家里，钻出有名的"张谎儿"章小范，说：

"给你腰里系上绳头，我们拉着，这就保险了。"

小周摇头道：

"省省吧，反正跳下去秤锤，浮上来秤杆。"

"你不会游水？"

"你一点也不识水性？"

"你没有摸过鱼？捞过虾？"

"你就只是草地上的蚱蜢？"

小周一声不响。章小范把准备好的粗麻绳朝他腰里系，小周也随他们去。只是自言自语道：

"好了，反正生活也做完了。"

章小范答应道："放心，放心，算盘珠我帮你卖掉。"

后生们也只当作算盘珠，没有人晓得石刻拓片，都说："放心，放心，包在我们身上。"

小蚱蜢周这才笑出来一个冷笑：

"叫你们卖掉还得了！"

后生们也不理会，绳头也系好了，大家闪开一步，小周站到桥边。桥头也没有了嗡嗡声响，只把眼珠睁圆了，头颈拔长了，好像那又蓝又绿的秋后凉水，都冰到大家身上，汗毛也立起来了……

这时，一个脚步飞跑过来，穿过人群，一路叫道：

"你们晓得在哪里？谁人看见过？"

这两句话要紧，后生家都回头，只见跑上桥来的是一朵花笑耳，叫着：

"走开，走开，朝后，朝后，蚱蜢周你也朝后退一步。"

笑耳自己在桥边上，寻准了清早站着看水的地方，还朝左点朝右点对准了角度，才伸手一指：

"看吧，在那里，看见了吧，翘着一只角。"

"我怎么看不见呢？你看见了吗？"

"我怎么头晕呢？你朝前一步。"

"我也模模糊糊，什么角？牛角？"

笑耳叫道：

"黑的，人造革，元宝包。"

"什么包？蚱蜢船儿呢？"

"谁人说蚱蜢船儿？哪里来的蚱蜢船儿？我掉下去一个手提包，元宝包。我自己不小心掉下去的，我还要我的包！"

桥头那里一片唏嘘，桥上的后生家还没有转过脑筋来。只见这瘦筋筋一朵花，直挺挺朝水里一跳……

"哗——"

凡是眼珠，都落到水里。那笑耳虽说身轻，也和秤锤一样"扑通"沉下去了。

立刻，又是两声"扑通、扑通"，小蚱蜢周也跳下去了。还有一声"扑通"，是把拉着绳的章小范也带了下去。

水上冒上来一个人头，是笑耳，手里真抓着个黑包，没等甩到桥上来，又沉下去了。又冒上来小周，伸手去抓包，没抓着，也朝下沉。那一个又冒出来，这一个又伸手乱抓。原来这两个都不会水，却越抓越靠近，只顾抓别人，自己倒漂起来，桥上的后生有的顺着桥墩，打算爬下来拉他们一把，也有站在桥上大叫：

"桥墩在这里，桥墩这边来……"

等到桥头的人群里，甩过来绳，掼下去竹篙，笑耳和小周已经抱住了桥墩。

两个人贴在桥墩上吐水透气，肯定，命是捉回半条了。小蚱蜢周心想：她为什么赶来跳水？笑耳心想：他为什么跟着跳下来？小周想想总要说句把话，就说：

"你会感冒的。"

笑耳说："不会，我'皮市'。"

"啊——"小周眼里：凡是花，都娇嫩。"啊"得合不拢嘴。

笑耳说：

"你已经感冒了。"

小周这才说出下半句：

"——只有我这种人，才真叫'皮市'。"

说着，不料打了个喷嚏。笑耳一笑，不料也喷嚏一个。

那个章小范呢？他是会水的，早已上岸换衣服去了。

老古话说，谋事在人，成事在天。这件事谋到这一步，也算是谋到头了。街上也就平静下来，只有章小范的媳妇和女人家咬耳朵，说章小范的卵泡叫水鬼捏了，和鼻涕一样。黄昏时节，女人家"站街"，咻咻笑着一传十、十传百。传到店主婆溪鳗那里，就把这个媳妇叫过来，说，不要趱起臀儿来叫人笑，后生家成天喝番薯汤，只剩个尿泡，哪有卵泡叫鬼捏。你一天走我这里端走一碗鱼丸面，我多撒点胡椒粉，不出半个月，包你传宗接代……山穷水尽，溪鳗的生意总还有柳暗花明。

小周和笑耳，倒都只是盖上两条棉被，喝一碗红糖姜汤，出一出汗就没有事了。也有人疑心笑耳这个元宝包，是先藏在身上，跳到水里变把戏一样变出来的。她拼着性命变个把戏做什么？也没有人深入研究。因为，内乱乱来乱去，由谁也管不了谁，发展到谁也不管谁。头发都空心的矮凳桥人，还不脑筋透通？先担个担前转后转，接着有人屋檐下摆个摊，随手就有人收拾起店面来了，小头生意瞒天不瞒地地做起来了。女人家"站街"咬耳朵，咬的是：

"只怕是跳跳水，还是把蚱蜢船儿掉掉头了。"

小蚱蜢周还在佛堂屋里车算盘珠，看看势头，也车出来大小不一，款式不同的蚱蜢船儿。漆上或红或黄，船头船尾或船身，题上"招财进宝"，或"双喜临门"，或"万寿无疆"……可以做摆设，可以做礼物，可以做玩具，船舱里放针线、纽扣、锁匙都可以，弹弹烟灰也没有不可以的，真是又讨彩又实用。

摆到街上没有几天，就有眼尖的生意人，照着各自的想法，走来定做不同的款式。

李地和小周说：

"款式变来变去，不过线条都还一样，都是佛堂殿上的石刻。"

小蚱蜢周说了实情，又说他没有一个正式的"窠"，现在常有人走来走去，只怕拓片叫人发现，好不好交把笑耳保存。李地问道：

"你拓的时候，还有别人晓得吗？"

"只有佛堂屋的老婆婆。"

"她倒不怕闯祸。"

"她还时常塞个番薯把我'接力'。"

李地暗暗吃惊，问道：

"她走到殿里给你。"

"不，她从窗洞塞进来。"

"你看见过她塞吗？"

"没有。我饿了，就闻见番薯香，走过去一摸就有。"

李地不再说什么，只叫他黄昏把拓片送过来。黄昏来时，李地说：

"你那蚱蜢船儿又红又黄，颜色土气。最好水一样不蓝不绿，带点发幔一样毛绒绒。"

说着，叫笑耳把她画的水、画的水里的蚱蜢船儿拿出来看看，两个人都看呆了。一个是看画看呆了，一个是看着看画的样子，也呆了。

李地一边走开，一边出主意说：

"我看小周你车出来，刻出来，叫笑耳上色。你们两个'皮市'合作，作兴还有'行情'。"

十年内乱，一场噩梦，总算熬过去了。经济活跃，矮凳桥捉了龙一样，拼（读丙）出了一个纽扣市场。女人家"站街"笑道：

"蚱蜢船儿真真掉过头来了。"

小周和笑耳放出手段，做出可以是领扣、是帽花、是装饰的娇小玲珑的蚱蜢船儿。

大姐笑翼跑供销赚下了一座木头楼房，把楼下租给笑耳开店。李地走去张张，只见店堂还没有布置好，店堂后身那间屋，却收拾得"清清水水"。门边一张单人床，挂着雪白纱帐，映着水红缎被，挑花枕头。右手靠板壁一套藤条沙发茶几，几上一套紫砂茶具。靠左手板壁，一张小巧三屉写字桌，一套水绿瓯瓷笔筒笔洗颜色碟，窗上挂着吊兰，窗台摆着树桩盆景，两边板壁上大头针钉着刚画好、未画完的写生、临摹、创作……

李地长长叹了一口气，还没有说话，听见沉重的脚步声，小蚱蜢周和两个后生搭一张大写字桌到屋里来，硬木的，桌面镶嵌太湖石，很有分量。小周解释说，那张三屉的太小，靠板壁，光线也不好，换上这一张大的放在窗下。

李地想想这是锦上添花了，拔脚朝外走，随便问道：

"小周你呢，你的工作间呢?"

"车架不好搬到这里来……"这个后生不会瞎话，慌张起来，"……这里随便有个地方，刻两刀，打个新款式……"

后间和店堂中间是楼梯，楼梯下边也有木板钉起来，本当是储藏室。笑耳鼻子里哼了一声，走过来踢开楼梯下的小门，啊，这斜坡小屋，可以站起一个人的那边，放一张矮榻榻小桌，桌上散着大大小小的刻刀、凿、锉、手锯。桌前一个矮凳，做生活只能"猴"在凳上，就像街边上的钉鞋摊儿。当然不会有窗户，倒吊着一个大灯泡……

李地看看小周，他笑着。看看笑耳，她噘着嘴。想想还是不发表意见，掉转话头说：

"我想了个招牌字号。九百年前，南宋大词人李清照，她死了男人，又离乱，又逃难，流落江南。也活到快七十岁，当初算是长寿了。词是越写越好，文章越老越辣。你们说说，老祖宗'皮市'不'皮市'！她大约坐过蚱蜢船儿，都写到词里了。"

李地说的这一首词，很有名，词牌是"武陵春"：

风住尘香花已尽，日晚倦梳头。物是人非事事休，欲语泪先流。　　闻说双溪春尚好，也拟泛轻舟。只恐双溪舴艋舟，载不动，许多愁。

李地说："招牌上就写舴艋舟。最好是篆字。不晓得东头袁相舟，会写篆字不会？"

笑耳想了想，说："我把妈妈的意思说给他听，他就是不会，学三天，也会学会的。"

李地不出声，这件事就这样定了。

选自《矮凳桥风情》

浙江文艺出版社 1987 年版

作家的话 ◈

　　我少年离开家乡，恍恍惚惚四十多年，叫雪花撒到头上了。

　　腰腿手脚都还灵便，还觉悟着心灵的自由。说是觉悟，可见先前的懵懂。因此还躬着腰，盯着地，两手伸在身前，一扑一扑地朝前走。这种走势，老家土话叫作捉蛐蛐那样。

　　四十多年没有在家乡生活，但这里有我的"血缘"，我的"基因"，我的"根"。只要一走而过，就好像没有离开过几天，坐下来不用问长问短，只要听听话头话尾，就好像这一家人的身世，全是心里有数的。

　　正好这个时候，《人民日报》发表了长篇报道，鼓吹这里的乡镇企业，以为是"新生产力"，当作农村改革的一种"模式"……

　　过年中间，想着一件事。什么"路"，什么"模式"，什么"必由"不"必由"，都是各有专家在研究。反正面临一场大改革，关系着民族的振兴。我也要研究研究，但肯定哪一样也研究不过那一行专家的。我只觉着我的同时代人和我的子侄辈，有的也龙跳虎跳过，却一事无成或是无事可成。有的那样会钻，也不过钻成条泥鳅。有的那样肯修炼，也只修出个土地来，有个转不过身来的土地庙坐坐就是了。弄到后来，人也认命了。再后来，人也把人看扁了——连自己在内。有口饭吃就谢天谢地，做梦也梦不着还有什么名堂。

　　这些人自己都说不清碰着了哪一根筋，怎样踩着了哪一个点子，如何如何就暴发起来了。钞票成捆成捆地塞到床底下，店面一间接一间打开，三层楼四层楼一座比一座造得讲究。把旗号打到天边，把全国走遍，如果香港也随便去得。可他们的祖辈父辈，只会炸炸油条做做豆腐，就漂洋过海了。这里的人自己也不明白身上有多少能力，好比埋藏千年的能源，忽然暴露，谁知道多少蕴藏量？连优质还是杂质，自己都不会化验，也没有工夫分析。只是，从目前看，仿佛天下没有什么事情，是这土地上的土人办不到的。

用不着等待什么"路"，什么"模式"讨论清楚，我只不过亲眼见到了些事情，发生了亲心的感想。另外，相信手里这支笔吧，相信会写下该我说的话，不会去写归别人管的事。也许等到一切讨论清楚，我自己的话倒没有了。写出来的是我自己的话，却又是小说。早有明白人说过，虚构是小说不可少的手段，千万不可"对号入座"。顺便做个声明。

其中有些文字文体上的小事，倒固执了一下。有人劝我不要把家乡土话搬上去，疙里疙瘩，别人也不好懂。我想若是疙瘩，是我把这团面没有揉匀，不是不应当揉进去。土地土人的土话，有的是不可代替的。我们大家都来揉的这团面，也应当在各人手里揉进些新东西，营养可能更好，发起来也可能更暄腾。

《矮凳桥风情·后语》

评论家的话 ◈

写人的已知世界，也写人的神秘莫测；写生活的光天化日，也写生活的扑朔迷离；写油盐柴米，也写鱼龙变化。在这里，叙述的角度是相当重要的。切近地观察，忠实地描写，是不易于创造出迷离恍惚的境界的，奇和正、幻和真也难于互相渗透，距离太远，隔墙猜枚又会造成模糊一片，怎样选择最好的"焦距"呢？作家选取的街谈巷语显然是最合适的。在一个规模不大的镇子里，常住人口流动率极低，世代居住于此的人们，可以看到彼此的活动和交际，也熟悉他们的祖辈父辈，在相当的熟悉程度之上，可以描绘出一个人的部分形象，人们的谈论兴趣又是与对其人的熟悉成正比的，同时，人们的生活的另一部分是不为人知的，经商不同于务农，并没有共同的经验可循，非公共场合里的所作所为，也只能一鳞半爪地传出来，根据已知来揣测未知，根据人的性质来演绎故事，根据旧有的传说连缀和填补人物生活中的空白，钻牛角尖也好，三人成虎也好，关键在于把人和事"圆"下来，能自圆其说，至于它的可靠性呢？那只不过是"姑妄言之，姑妄听之"。称之为稗史，称之为小说，稗史本来就是正史之外的野史，小说本来就是街谈巷语，不亦宜乎？"我也不知道世界不世界，只是我喜欢看雾，觉着奇怪的、肮脏的、丑的，幔在雾里就好看了"，那千奇百怪、雾腾腾的世界，用理性难以把握、难以接受，一旦转换成审美的眼光，就获得了朦胧美，获得了奇幻美，暗示着一片想象和情感的自由天地。世界的可知和不可知，旁观和介入，静定和活动，都通过街谈巷语者流而构成了艺术的要质，"道之为物，惟恍惟惚。惚兮恍兮，其中有象，恍兮惚兮，其中有物。窈兮冥兮，其中有精。其精甚真，其中有信。"这应该说是已经进入了一种较高的艺术境界……

林斤澜的小说，尤其是这一组矮凳桥故事，是很民族化的，它的街谈巷语方式，它的奇正相生、真幻相形，它的大量的区域文化蕴含，都打上了深厚的民族文化心理和审美心理的烙印；同时，它又是现代化的，它表现的是现实生活中的人和事，更渗透着作家用现代眼光对历史现实的透视。这一切，又是内在地化为作品的神韵，它藏得很深很深，要想发现它，并不那么容易，它不像璀璨的珍珠那样引人注目，却像一块经过不露痕迹的营造的玉石那样若有所待，期待着关注和理解。

张志忠：《街谈巷语翻新篇——

林斤澜"矮凳桥"系列小说论》

巴 金

《随想录》合订本新记

巴金，原名李尧棠，字芾甘。原籍浙江嘉兴，1904 年出生于成都。1923 年到上海读书，1928 年赴法国从事考察研究，1929 年发表小说处女作《灭亡》，后来创作的长篇小说《家》《寒夜》等作品被视为现代文学的重大成就。1949 年后，曾响应政府的号召，积极从事新题材、新主题、新人物的写作，著有短篇小说《团圆》、散文《奥斯威辛集中营的故事》《从镰仓带回的照片》等。"文革"中受尽迫害，1973 年自"干校"回城后，悄悄从事屠格涅夫的《处女地》和赫尔岑的《往事与随想》的翻译；新时期则以五卷《随想录》震动文坛，作者从自己的经历出发，提倡"讲真话"，在反思"文革"这一历史悲剧的同时，对自己也进行了深刻的反省，体现了当代知识分子的良知和人格力量。其一生的创作，在对理想社会的憧憬和不断探求中，作品的基调经历了从热情执着略带凄婉，到热烈欢快坚定高昂，再到严峻而深刻、浓情而率直的起伏变化。在写作之外，还倡议建立和支持中国现代文学馆。2005 年于上海病逝。

一

　　三年前我答应三联书店在适当的时候出版《随想录》的合订本，当时我是否能完成我的五卷书，自己并没有信心。说实话，我感到吃力，又好像出了门在半路上，感到进退两难。我知道老是唠唠叨叨，不会讨人喜欢，但是有话不说，将骨头全吞在肚里化掉，我并无这种本领。经常有一个声音催促我："写吧！"我不断地安慰自己："试试看。"只要有精神，有力气，能指挥笔，我就"试试看"，写写停停，停停写写，终于写完了最后一篇"随想"。我担心见不了天日的第五卷《无题集》也在叽叽喳喳的噪音伴送中，穿过荆棘丛生的泥泞小路，进入灯烛辉煌的"文明"书市和读者见面了。

　　我做了我可以做的事。我做了我应当做的事。今后呢，五卷书会走它们自己的路，我无能为力了。这大概是我所说的"适当的时候"吧。那么我答应为合订本写的"新记"不能不交卷了。

　　千言万语，不知从何说起。一百五十篇长短文章全是小人物的喜怒哀乐，自己说是"无力的叫喊"，其实大都是不曾愈合的伤口出来的脓血。我挤出它们不是为了消磨时间，我想减轻自己的痛苦。写第一篇"随想"，我拿着笔并不觉得沉重。我在写作中不断探索，在探索中逐渐认识自己。为了认识自己才不得不解剖自己。本来想减轻痛苦，以为解剖自己是轻而易举的事，可是把笔当作手术刀一下一下地割自己的心，我却显得十分笨拙。我下不了手，因为我感到剧痛。我常说对自己应当严格，然而要拿刀刺进我的心窝，我的手软了。我不敢往深处刺。五卷书上每篇每页满是血迹，但更多的却是十年创伤的脓血。我知道不把脓血弄干净，它就会毒害全身。我也知道：不仅是我，许多人的伤口都淌着这样的脓血。我们有共同的遭遇，也有同样的命运。不用我担心，我没有做好的事情，别的人会出来完成。解剖自己，我挖得不深，会有人走到我的前头，不怕痛，狠狠地挖出自己的心。

写完五卷书我不过开了一个头。我沉默，但会有更多的作品出现。没有人愿意忘记二十年前开始的大灾难，也没有人甘心再进"牛棚"、接受"深刻的教育"。我们解剖自己，只是为了弄清"浩劫"的来龙去脉，便于改正错误，不再上当受骗。分是非、辨真假，都必须先从自己做起，不能把责任完全推给别人，免得将来重犯错误。

二

怎么我又讲起大道理来了！当初为香港《大公报》写稿的时候我并未想到那些事情。我的《随想录》是从两篇谈《望乡》（日本影片）的文章开始的。去年我在家中接待来访的日本演员栗原小卷，对她说，我看了她和田中绢代主演的《望乡》，一连写了两篇辩护文章，以后就在《大公园》副刊上开辟了《随想录》专栏，八年中发表了一百五十篇"随想"。我还说，要是没有看到《望乡》，我可能不会写出五卷《随想录》。其实并非一切都出于偶然，这是独立思考的必然结果。五十年代我不会写《随想录》，六十年代我写不出它们。只有在经历了接连不断的大大小小政治运动之后，只有在被剥夺了人权在牛棚里住了十年之后，我才想起自己是一个"人"，我才明白我也应当像人一样用自己的脑子思考。真正用自己的脑子去想任何大小事情，一切事物、一切人在我眼前都改换了面貌，我有一种大梦初醒的感觉。只要静下来，我就想起许多往事，而且用今天的眼光回顾过去，我也很想把自己的思想清理一番。

碰巧影片《望乡》在京公映，引起一些奇谈怪论，中央电视台召开了座谈会，我有意见，便写了文章。朋友潘际坰兄刚刚去香港主编《大公报》副刊《大公园》，他来信向我组稿，又托黄裳来拉稿、催稿。我看见《大公园》上有几个专栏，便将谈《望乡》的文章寄去，建议为我开辟一个《随想录》专栏。际坰高兴地答应了。我最初替《望乡》讲话，只觉得理直气壮，一吐为快，并未想到我会给拴在这个专栏上一写就是八年。从无标题到有标题（头三十篇中除两篇外都没有标题），从无计划到有计划，从梦初醒到清醒，从随想到探索，脑子不再听别人指挥，独立思考在发挥作用。拿起笔来，尽管我接触各种题目，议论各样事情，我的思想却始终在一个圈子里打转，那就是所谓十年浩劫的"文革"，有一个时期提起它我就肃然起敬，高呼"万岁"！可是通过八年的回忆、分析和解剖，我看清楚了自己，通过自己又多多少少了解周围的一些人和事，我的笔经常碰到我的伤口。起初我摊开稿纸信笔写去，远道寄稿也无非为了酬答友情。我还有这样一种想法：发表那些文章也就是卸下自己的精神负担。后来我才逐渐明白，住了十载"牛棚"我就有责任揭穿那一场惊心动魄的大骗局，不让子孙后代再遭灾受难。我边写、边想、边探索；愈下去，愈认真、也愈感痛苦；越往下写越是觉得笔不肯移动，我时而说笔重数十斤，时而讲笔有千斤重，这只是说明作者思想感情的变化。写《总序》的时候，我并不觉得笔沉重，我也没有想到用"随想"作武器进行战斗。

我从来不是战士。而且就在《随想录》开始发表的时候，我还在另一本集子的序文中称"文革"为"伟大的革命"。十多年中在全国报刊上，在人们的口头上，"伟大的"桂冠总是和"文革"连在一起，我惶恐地高呼万岁也一直未停。但是在《爝火集》的序里我已经看出那顶纸糊的桂冠不过是安徒生的"皇帝的新衣"。我的眼睛终于给拨开了，即使是睡眼蒙眬，我也看出那个"伟大的"骗局。于是我下了决心：不再说假话！然后又是：要多说真话！开始我还是在保护自己。为了净化心灵，不让内部留下肮脏的东西，我不得不挖掉心上的垃圾，不使它们污染空气。我没有想到就这样我的笔会变成了扫帚，会变成了弓箭，会变成了解剖刀。要清除垃圾，净化空气，单单对我个人要求严格是不够的，大家都有责任。我们必须弄明白毛病出在哪里，在我身上，也在别人身上……那么就挖吧！

在这由衰老到病残，到手和笔都不听指挥、写字十分困难的八年中，"随想"终于找到箭垛有的放矢了。不能说我的探索和追求有多大的收获，但是我的书一卷接一卷地完成了。我这个病废的老人居然用"随想"在荆棘丛中开出了一条小路。我已经看见了面前的那座大楼："文革博物馆"。

三

我说过"随想"是我的"无力的叫喊"。但五卷书却不是我个人的私有物,我也不能为它们的命运作任何安排。既然它们"无力",不会引起人们注意或关心,那么就让它们自生自灭吧。在我们这样大的文明古国,几声甚至几十声间断的叫喊对任何人的生存都不会有妨碍。它们多么微弱,可以说是患病老人的叹息。

绝没有想到《随想录》在《大公报》上连载不到十几篇,就有各种各类叽叽喳喳传到我的耳里。有人扬言我在香港发表文章犯了错误;朋友从北京来信说是上海要对我进行批评;还有人在某种场合宣传我坚持"不同政见"。点名批判对我已非新鲜事情,一声勒令不会再使我低头屈膝。我纵然无权无势,也不会一骂就倒,任人宰割。我反复思考,我想不通,既然说是"百家争鸣",为什么连老病人的有气无力的叹息也容忍不了?有些熟人怀着好意劝我尽早搁笔安心养病。我没有表态。"随想"继续发表,内地报刊经常转载它们,关于我的小道消息也愈传愈多。仿佛有一个大网迎头撒下。我已经没有"脱胎换骨"的机会了,只好站直身子眼睁睁看着网怎样给收紧。网越收越小,快逼得我无路可走了。我就这样给逼着用老人无力的叫喊,用病人间断的叹息,然后用受难者的血泪建立起我的"文革博物馆"来。

为什么会有人那么深切地厌恶我的《随想录》?只有在头一次把"随想"收集成书的时候,我才明白就因为我要人们牢牢记住"文革"。

第一卷问世不久我便受到围攻，香港七位大学生在老师的指挥下赤膊上阵，七个人一样声调，挥舞棍棒，杀了过来，还说我的"随想""文法上不通顺"，又缺乏"文学技巧"。不用我苦思苦想，他们的一句话使我开了窍，他们责备我在一本小书内用了四十七处"四人帮"，原来都是为了"文革"。他们不让建立"文革博物馆"，有的人甚至不许谈论"文革"，要大家都忘记在我们国土上发生过的那些事情。

为什么内地版的《真话集》中多一篇《鹰的歌》？我写它只是要自己记住、要别人知道《大公园》上发表的《随想录七十二》并非我的原文。有人不征求我的同意就改动它，涂掉一切和"文革"有关的句子。纪念鲁迅先生逝世四十五周年，我引用了先生的名言："我是一条牛，吃的是草，挤出来的是奶和血。"难道是在影射什么？！或者在替谁翻案？！为什么也犯了忌讳？！

太可怕了！十年的折磨和屈辱之后，我还不能保卫自己叙说惨痛经历的权利。十年中间为了宣传骗局、推销谎言，动员了那么多的人，使用了那么大的力量，难道今天只要轻轻地一挥手，就可以将十年"浩劫"一笔勾销？！"浩劫"绝不是文字游戏！将近八十年前，在四川广元县衙门二堂"大老爷"审案的景象还不曾在我眼前消失，耳边仿佛还有人高呼："小民罪该万死，天王万世圣明！"

我不相信自己白白地活了八十几年。我以为我还在做噩梦。为了战胜梦魇，我写下《鹰的歌》，说明真话是勾销不了的。删改也不会使我沉默，到了我不能保护自己的时候，我就像高尔基所描绘的鹰那样带着伤"滚下海去"。

一切照常。一方面是打手们的攻击和流言蜚语的中伤，一方面又是长时期的疾病缠身，我越来越担心会完不成我的写作计划。我又害怕《大公园》主编顶不住那种无形的压力。为什么写到五卷为止？我估计我的体力和精力只能支持到那个时候，而且我必须记下的那些事情，一百五十篇"随想"中也容纳得了。

我的病情渐渐地恶化，我用靠药物延续的生命跟那些阻力和梦魇作斗争更感到困难。在病房里我也写作，只要手能动，只要纸上现出一笔一画，我就坐在桌前工作。一天一天、一月一月地过去，书桌上的手稿也逐渐增多。既然有那个专栏，隔一段时间我总得寄去一叠原稿。

我常说加在一起我每天大约有五分之一的时间感到病痛。然而我并未完全失去信心，丧失勇气，花了八年的工夫我终于完成了五卷书的计划。

没有被打倒，没有给骂死，我的书还在读者中间流传。是真是假，是正是邪，读者将作出公正的判断。我只说它不是一部普通的书，它会让人永远记住那十年中间的许多大小事情。

四

可能有人批评我"狂妄自大"，我并不在乎。我在前面说过第一卷书刚刚出版，就让香港大学生骂得狗血喷头。我得承认，当时我闷了一天，苦苦思考自己犯了什么错误。我不愿在这里讲五卷书在内地的遭遇，为了让《随想录》接近读者，我的确花费了不少的心血。我不曾中途搁笔，因为我一直得到读者热情的鼓励，我的朋友也不是个个"明哲保身"，更多的人给我送来同情和支持。我永远忘不了他们来信中那些像火、像灯一样的句子。大多数人的命运牵引着我的心。相信他们，尽我的职责，我不会让人夺走我的笔。

为什么不能写自己感受最深的事情？在"文革"的油锅里滚了十年，为什么不让写那个煎骨熬心的大灾难？有人告诉我一件事，据说有个西德青年不相信纳粹在波兰建立过灭绝种族的杀人工厂，他以为那不过是一些人的"幻想"。会有这样的事！不过四十年的时间，人们就忘记了纳粹分子灭绝人性的滔天罪行。我到过奥斯威辛的纳粹罪行博物馆。毁灭营的遗址还保留在那里，毒气室和焚尸炉触目惊心地出现在我面前。可是已经有人否定它们的存在了！

那么回过头来看"文革"，我们到哪里去寻找它的遗迹？才过去二十年，就有人把这史无前例的"浩劫"看作遥远的梦，要大家尽早忘记干净。我们家的小端端在上初中，她连这样的"幻想"也没有，脑子里有的只是作业和分数，到现在她仍然是我们家最忙的人，每天睡不到八个小时。唯有我不让人忘记过去惨痛的教训，谈十年的噩梦反反复复谈个不停，几乎成了一个大逆不道的罪人。

我写好第一百五十篇"随想"就声明"搁笔"，这合订本的"新记"可能是我的最后一篇文章。我有满腹的话，不能信手写去，思前想后我考虑很多。六十年的写作生活并不使我留恋什么。和当初一样我并不为个人的前途担心。把自己的一切奉献出来，虽然只有这么一点点，我总算"说话算数"，尽了职责。

讲出了真话，我可以心安理得地离开人世了。可以说，这五卷书就是用真话建立起来的揭露"文革"的"博物馆"吧。

六月十九日

选自《随想录》合订本

北京三联书店 1987 年版

作家的话 ◈

　　我明明记得我曾经由人变兽，有人告诉我这不过是十年一梦。还会再做梦吗？为什么不会呢？我的心还在发痛，它还在出血。但是我不要再做梦了。我不会忘记自己是一个人，也下定决心不再变为兽，无论谁拿着鞭子在我背上鞭打，我也不再进入梦乡。当然我也不再相信梦话！

　　没有神，也就没有兽。大家都是人。

《没有神》

评论家的话 ◈

　　老作家所追求的，是摆脱心灵深处的沉重欠债感，是对自己在极左路线淫威下所走的道路的深刻反思。严峻的思想解剖再配之老人所独有的迟暮心理，使他的《随想录》蒙上一层悲怆的情调。

　　巴金曾经说过，他是把《随想录》当作遗嘱来写的。如果我们把《随想录》与鲁迅的晚年杂文对照来读即会承认，八十多岁的巴金显然不能像五十多岁的鲁迅那样精力充沛和不留情面，鲁迅在弥留之际依然怒气冲天地喊出："我一个都不宽恕"，而巴金的随想则大都是哀哀地诉说自己的衰老和多病，抱怨各种各样的冷风，纵然是攻击性的文字，他也是借着解剖自己才透露出来。家事国事天下事，事事联系着自身生命的内省和感应。……在那一篇篇读似沉闷的随想背后，顽固地存在着一个个性鲜明的自我形象。通过深刻的自我解剖来为一个时代的悲剧作见证，并且企图把这样的具有个人色彩的教训传诸后代，让人们从中领悟些什么。

　　陈思和：《〈随想录〉：巴金后期思想的一个总结》

韩 松

宇宙墓碑

　　韩松，1965 年生于重庆。1984—1991 年就读于武汉大学英文系、新闻系，获文学学士学位及法学硕士学位。著有中短篇小说集《宇宙墓碑》，长篇小说《2066 年之西行漫记》《让我们一起寻找外星人》《红色海洋》《地铁》等。曾获中国科幻银河奖、世界华人科幻艺术奖、中国科幻文艺奖等。

上　篇

我十岁那年，父亲认为我可以适应宇宙航行了。那次我们一家去了猎户座，乘的当然是星际旅游公司的班船。不料在返航途中，飞船出了故障，我们只得勉强飞到火星着陆，等待另一艘飞船来接大家回地球。

我们着陆的地点，靠近火星北极冠。记得当时大家都心情焦躁，船员便让乘客换上宇航服出外散步。降落点四周散布着许多旧时代人类遗址，船长说，那是宇宙大开发时代留下的。我很清楚地记得，我们在一段几公里长的金属墙前停留了很久，跟着墙后面出现了意想不到的场面。

现在我们知道那些东西就叫墓碑了。但当时我仅仅被它们森然的气势镇住，一时裹足不前。那是一片辽阔的平原，地面显然经过人工平整。大大小小的方碑犹如雨后春笋一般钻出地面，有着同一的黑色调子，焕发出寒意，与火红色的大地映衬，着实奇异非常。火星的天空掷出无数雨点般的星星，神秘得很。我少年之心忽然跳动起来。

大人们却都变了脸色，不住地面面相觑。

我们在这个太阳系中数一数二的大坟场边缘只停留了片刻，便匆匆回到船舱。大家表情很严肃和不安，而且有一种后悔的神态，仿佛是看到了什么不该看的东西。我便不敢说话，却无缘无故有些兴奋。

终于有一艘新的飞船来接我们了。它从火星上启动的一刹那，我悄声问父亲：

　　"那是什么？"

　　"哪是什么？"他仍愣着。

　　"那面墙后面的呀！"

　　"他们……是死去的太空人。他们那个时代，宇宙航行比我们困难一些。"

　　我对死亡的概念，很早就有了感性认识，大约就始于此时。我无法理解大人们刹那间神态为什么会改变，为什么他们在火星坟场边一下子感情复杂起来。死亡给我的印象，是跟灿烂的旧时代遗址紧密相连的，它是火星瑰丽景色的一部分，对少年的我拥有绝对的魅力。

　　十五年后，我带着女朋友去月球旅游。"那里有一个未开发的旅游区，你将会看到宇宙中最不可思议的事物！"我又比又画，心中却另有打算。事实上，背着阿羽，我早跑遍了太阳系中的大小坟场。我伫立着看那些墓碑，达到了入痴入迷的地步。它们静谧而荒凉的美跟寂寞的星球世界吻合得那么融洽，而墓碑本身也确是那个时代的杰作。我得承认，儿时的那次经历对我心理的影响是微妙而深远的。

　　我和阿羽在月球一个僻静的降落场离船，然后悄悄向这个星球的腹地走去。没有交通工具，没有人烟。阿羽越来越紧地攥住我的手，而我则一遍遍翻看那些自绘的月面图。

　　"到了，就是这里。"

　　我们来得正是时候，地球正从月平线上冉冉升起，墓群沐在幻觉般的辉光中，仿佛在微微颤动着，正纷纷醒来。这里距最近的降落场有一百五十公里。我感到阿羽贴着我的身体在剧烈战栗。她目瞪口呆地望着那幽灵般的地球和其下生机勃勃的坟场。

"我们还是走吧。"她轻声说。

"好不容易来，干吗想走呢？你别看现在这儿死寂一片，当年可是最热闹的地方呢！"

"我害怕。"

"别害怕。人类开发宇宙，便是从月球开始的。宇宙中最大的坟场都在太阳系，我们应该骄傲才是。"

"现在只有我们两人来光顾这儿，那些死人知道么？"

"月球，还有火星、水星……都被废弃了。不过，你听，宇宙飞船的隆隆声正震撼着几千光年外的某个无名星球呢！死去的太空人地下有灵，定会欣慰的。"

"你干吗要带我来这儿呢？"

这个问题使我不知怎么回答才好。为什么一定要带上女朋友万里迢迢来欣赏异星坟茔？出了事该怎么交代？这确是我没有认真思考过的问题。如果我要告诉阿羽，此行原是为了寻找宇宙中爱和死永恒交织与对立的主题和情调，那么她必定会以为我疯了。也许我可以用写作论文来作解释，而且我的确在收集有关宇宙墓碑的材料。我可以告诉阿羽，旧时代宇航员都遵守一条不成文的习俗，即绝不与同行结婚。在这儿的坟茔中你绝对找不到一座夫妻合葬墓。我要求助于女人的现场灵感来帮助我解答此谜吗？但我却沉默起来。我只觉得我和阿羽的身影成了无数墓碑中默默无言的两尊。这样下去很醉人。我希望阿羽能悟道，但她却只是紧张而痴傻地望着我。

"你看我很奇怪吧？"半晌，我问阿羽。

"你不是一个平常的人。"

回地球后阿羽大病了一场，我以为这跟月球之旅有些关系，很是内疚。在照料她的当儿，我只得中断对宇宙墓碑的研究。这样，一直到她稍微好转。

我对旧时代那种植墓于群星的风俗抱有极大兴趣，曾使父亲深感不安。墓碑么？那是很久以前的事了，现代人几乎把它淡忘了，就像人们一股脑把太阳系的姊妹行星扔在一旁，而去憧憬宇宙深处的奇景一样。然而我却下意识体会到，这里有一层表象。我无法回避在我查阅资料时，父亲阴郁地注视我的眼光。每到这时我就想起儿时的那一幕，大人们在坟场旁神情怪异起来，仿佛心灵中某种深沉的东西被触动了。现代人绝对不旧事重提，尤其是有关古代死亡的太空人。但他们并没从心底忘掉他们，这我知道，因为他们每碰上这个问题时，总是小心翼翼地绕着圈子，敏感得有些过分。这种态度渗透到整个文化体系中，便是历史的虚无主义。忙碌于现时的瞬间，是现代人的特点。或许大家认为昔日并不重要？或仅是无暇去回顾？我没有能力去探讨其后可能暗含的文化背景。我自己也并不是个历史主义者。墓碑使我执迷，在于它给我的一种感觉，类似于诗意。它们既存在于我们这个活生生的世界之中，又存在于它之外，偶尔才会有人光临其境，更多的时间里它们保持缄默，旁若无人地沉湎于它们所属的时代。这就是宇宙墓碑的醉人之处。每当我以这种心境琢磨它们时，蓟教授便警告我说，这必将堕入边界，我们的责任在于复原历史，而不是为个人兴趣所驱动，我们要使现时代一切庸俗的人们重新认识到其祖先开发宇宙的艰辛与伟大。

蓟教授的苍苍白发常使我无言以对，但在有关墓碑风俗的学术问题上，我们却可以争个不休。在阿羽病情好转后，我和教授会面时又谈到了墓碑研究中的一个基本问题，即该风俗突然消失在宇宙中的现象之谜。

"我还是不同意您的观点。在这个问题上，我一直是反对您的。"

"年轻人，你找到什么新证据了吗？"

"目前还没有，不过……"

"不用说了。我早就告诫过你，你的研究方法不大对头。"

"我相信现场直觉。故纸堆已不能告诉我们更多的信息，资料太少。您应该离开地球到各处走一走。"

"老头子可不能跟年轻人比啊，他们太固执己见了啊。"

"也许您是对的，但是……"

"知道新发现的天鹅座 α 星墓葬吗？"

"无名之坟，仅镌有年代。它的发现将墓碑风俗史的下限推后了五十年。"

"如果我没记错的话，技术决定论者的《行星宣言》就是在那前后不久发表的。墓碑风俗的消失跟这没有关系吗？"

"您认为是一种文化规范的兴起替代了旧的文化规范？"

"我推测我们不能找到年代更晚的墓葬了。技术决定论者一登台，墓碑风俗便神秘地隐遁在宇宙中了。"

"您不觉得太突然了吗？"

"恰恰如此，才能解释时间上的巧合。"

"……也许有别的原因。那时技术决定论者还太弱，而墓葬制度的存在已有数万年历史，宇宙墓碑也矗立上千年了。没有东西能够一下子摧毁这么强大的风俗。很简单，它沉淀在古人心灵中，叫它集体潜意识可以吧？"

蓟教授摊了摊手。合成器这时将晚餐准备好了。吃饭时我才注意到教授的手在微微颤抖。毕竟是二百多岁的人了。有一种复杂的情绪在我心头翻腾着。死亡将夺去每一个人的生命，这可能是连技术决定论者也永远无法回避的一个问题。死后我们将以何种方式存在，仍然是心灵深处悄悄猜度着的。宇宙中林立的墓碑展示出旧时代的人类已经在思考这个答案，或许他们已经将心得和结论喻入墓茔？现代人不再需要埋葬了，他们读不懂古墓碑文，也不屑一读。人们跟其先辈相比，难道产生了本质上的不同吗？

死是无法避免的，但我还是担心蓟教授过早谢世。这个世界上，仅有极少数人在探讨诸如宇宙墓碑这样的历史问题。他们默默无闻，而常常是毫无结果地工作着，这使我忧心忡忡。

我不止一次地凝神于眼前的全息照片，它就是蓟教授提到的那座坟，它在天鹅座 α 星系中的位置是如此偏僻，以至于直到最近才被一艘偶然路过的货运飞船发现。墓碑学者普遍有一种看法，即这座坟在向我们暗示着什么，但没有一个人能够猜出。

我常常被这座坟奇特的形象打动，从各个方面，它都比其他墓碑更契合我的心境。一般而言，宇宙墓碑都群集着，形成浩大的坟场，似乎非此不足以与异星的荒凉抗衡。而此墓却孑然独处，这是以往的发现中绝无仅有的一例。它址于该星系中一颗极不起眼的小行星上，这给我一种经过精心选择的感觉。从墓址所在的区域望去，实际上看不见星系中最大的几颗行星。每年这颗小行星都以近似彗星的椭圆轨道绕天鹅座 α 星系运转，当它走到遥遥无期的黑暗的远日点附近时，我似乎也感到了墓主寂寞厌世的心情。这一下子便产生了一个很突出的对比，即我们看到，一般的宇宙墓群都很注意选择雄伟风光的衬托，它们充分利用从地平线上跃起的行星光环，或以数倍高于珠穆朗玛峰的悬崖作背景。因此即便从死人身上，我们也体会到了宇宙初拓时人类的豪迈气概。此墓却一反常规。

这一点还可以从它的建筑风格上找到证据。当时的筑墓工艺讲究对称的美学，墓体造得结实、沉重、宏大，充满英雄主义的傲慢。水星上巨型的金字塔和火星上巍然的方碑，都是这种流行模式的突出代表。而在这一座孤寂的坟上，我们却找不到一点这方面的影子。它造得矮小而卑琐，但极轻的悬挑式结构，却有意无意中使人觉得空间被分解后又重新组合起来。我甚至觉得连时间都在墓穴中自由流动。这显然很出格。整座墓碑完全就地取材，由该小行星上富含的电闪石构成，而当时流行的做法是从地球本土运来特种复合材料。这样做很浪费，但人们更关心浪漫。

另一点引起猜测的便是墓主的身份。该墓除了镌有营造年代外，并无多余着墨。常规做法是，必定要刻上死者姓名、身份、经历、死亡原因以及悼亡词等。由此出现了各种各样的假说。是什么特殊原因，促使人们以这种不寻常的方式埋葬天鹅座 α 星系的死者？

由于墓主几乎可以断定为墓碑风俗结束的最后见证人，神秘性就更大了。在这一点上，一切解释都无法自圆其说。因为似乎是这样的，即我们不得不对整个人类文化及其心态作出阐述。对于墓碑学者来说，现时的各种条件锁链般限制了他们。我倒是曾经计划过亲临天鹅座 α 星系，却没有人能够为我提供这笔经费。这毕竟不同于太阳系内旅行。而且不要忘了，世俗并不赞成我们。

后来我一直未能达成天鹅座 α 星系之旅，似乎是命里注定。生活在发生意想不到的变化，我个人也在发生变化。在我一百岁时，刚好是蓟教授去世七十周年的忌日。我忽然想起这一点时，也就忆起了青年时代和教授展开的那些有关宇宙墓碑的辩论。当初的墓碑学泰斗们也跟先师一样，早就形骸坦荡了。追随者们纷纷弃而它往。我半辈子研究，略无建树，夜半醒来常常扪心自问：何必如此耽迷于旧尸？先师曾经预言过，我一时为兴趣所驱，将来必自食其果，竟然言中。我何曾有过真正的历史责任感呢？由此才带来今日的困惑。人至百年，方有大梦初醒之感，但我意识到，知天命恐怕是万万不能了。

我年轻时的女朋友阿羽，早已成了我的妻子，如今是一个成天唠叨不休的中年妇女。她这大概是在将一生不幸怪罪于我。自从那次我带她参观月球坟场后，她就受惊得了一种怪病。每年到我们登月的那个日子，她便精神恍惚，整日呓语，四肢瘫痪。即便现代医术，也无能为力。每当我查阅墓碑资料，她便在一旁神情黯然，烦躁不安。这时我便悄悄放下手中活计，步出户外。天空一片晴朗，犹如七十年前。我忽然意识到自己已有许多年没离开过地球了。余下的日子，该是用来和阿羽好好厮守了吧？

我的儿子筑长年不回地球，他已在河外星系成了家，他本人则是宇宙飞船的船长，驰骋于众宇，忙得星尘满身。我猜测他一定莅临过有古坟场的星球，不知他作何感想。此事他从未当我面提起，而我也暗中打定主意，绝不首先对他言说。想当初父亲携我，因飞船事故偶处火星，我才得以目睹墓群，不觉唏嘘。而今他老人家也已一百五十多岁了。

由生到死这平凡的历程，竟导致古人在宇宙各处修筑了那样宏伟的墓碑，这个谜就留给时空去解吧。

这样一想，我便不知不觉放弃了年轻时代的追求，过了几年平静的日子。地球上的生活竟这么恬然，足以冲淡任何人的激情，这我以前从未留意过。人们都在宇宙各处忙碌着，很少有机会回来看一看这个曾经养育过他们而现在变得老气横秋的行星，而守旧的地球人也不大关心宇宙深处惊天动地的变化。

那年筑从天鹅座 α 回来时，我都没意识到这个星球的名字有什么特别之处了。筑因为河外星系引力的原因，长得特别的高大，是彻头彻尾的外星人了，并且由于当地文化的熏染而沉默寡言得很。我们父子见面日少，从来没多的话说。有时我不得不这么去想，我和阿羽仅仅是筑存在于世所临时借助的一种形式。其实这种观点在现时宇宙中一点也不显得荒谬。

筑给我斟酒，两眼炯炯发光，今日却奇怪地话多。我只得和他应酬。

"心宁他还好？"心宁是孙子名。

"还好呢，他挺想爷爷的。"

"怎么不带他回来？"

"我也叫他来，可他受不了地球的气候。上次来了，回去后生了一身的疹子。"

"是吗？以后不要带他来了。"

我将一杯酒饮尽，发觉筑正窥视我的脸色。

"父亲，"他在椅子上不安地扭动起来，"我有件事想问您。"

"讲吧。"我疑惑地打量着他。

"我是开飞船的，这么些年来，跑遍了大大小小的星系。跟您在地球上不同，我可是见多识广。但至今为止，尚有一事不明了，常萦绕心头，这次特向您请教。"

"可以。"

"我知道您年轻时专门研究过宇宙墓碑，虽然您从没告诉我，可我还是知道了。我想问您的就是，宇宙墓碑使您着迷之处，究竟何在？"

我站起身来，走到窗边，不使脸朝筑。我没想到筑要问的是这个问题。那东西，也撞进了筑的心灵，正像它曾使父亲和我的心灵蒙受巨大不安一样。难道旧时代人类真在此中藏匿了魔力，后人将永远受其阴魂侵扰？

"父亲，我只是想随便问问，没有别的意思。"筑嗫嚅起来，像个小孩。

"对不起，筑，我不能回答这个问题。嗬，为什么墓碑使我着迷？我要是知道这个，早就在你很小的时候就告诉你一切一切跟墓碑有关的事情了。可是，你知道，我没有这么做。那是个无底洞，筑。"

我看见筑低下了头。他默然，似乎深悔自己的贸然。为了使他不那么窘迫，我压制住感情，回到桌边，给他斟了一杯酒。然后我审视着他的双目，像任何一个做父亲的那样充满关怀地问道：

"筑，告诉我，你到底看见了什么？"

"墓碑。大大小小的墓碑。"

"你肯定会看见它们。可是你以前并没有想到要谈这个。"

"我还看见了人群。他们蜂拥到各个星球的坟场去。"

"你说什么?"

"宇宙大概发疯了,人们都迷上了死人,仅在火星上,就停满了成百上千艘飞船,都是奔墓碑来的。"

"此话当真?"

"所以我才要问您墓碑为何有此魔力。"

"他们要干什么?"

"他们要掘墓!"

"为什么?"

"人们说,坟墓中埋藏着古代的秘密。"

"什么秘密?"

"生死之谜!"

"不!这不当真。古人筑墓,可能纯出于天真无知!"

"那我可不知道了。父亲,你们都这么说。您是搞墓碑的,您不会跟儿子卖关子吧?"

"你要干什么?要去掘墓吗?"

"我不知道。"

"疯子!他们沉睡一千年了。死人属于过去的时代。谁能预料后果?"

"可是我们属于现时代啊,父亲。我们要满足自己的需求。"

"这是河外星系的逻辑吗?我告诉你,坟墓里除了尸骨,什么也没有!"

筑的到来,使我感到地球之外正酝酿着一场变动。在我的热情行将冷却时,人们却以另外一种方式耽迷于我耽迷过的事物来。筑所说的使我心神恍惚,一时作不出判断。曾几何时,我和阿羽在荒凉的月面上行走，拜谒无人光顾的陵寝，其冷清寂寥，一片穷荒，至今在我们身心上留下不可磨灭的痕迹。记得我对阿羽说过，那儿曾是热闹之地。而今筑告诉我，它又重将喧哗不堪。这种周期性的逆转，是预先安排好的呢，还是谁在冥冥中操纵？继宇宙大开发时代和技术决定论时代后，新时代到来的预兆已经出现于眼前了么？这使我充满激动和恐慌。

我仿佛又重回到了几十年前。无垠的坟场历历在目，笼罩在熟悉而亲切的氛围中。碑就是墓，墓即为碑，洋溢着永恒的宿命感。

接下来我思考筑话语中的内涵。我内心不得不承认他有合理之处。墓碑之谜即生死之谜，所谓迷人之处，也即此吧，不会是旧人魂魄摄人。墓碑学者的激情与无奈也全出于此。其实是没有人能淡忘墓碑的。我又恍惚看见了技术决定论者紧绷的面孔。

然而掘墓这种方式是很奇特的，以往的墓碑学者怎么也不会考虑用这种办法。我的疑虑现在却在于，如果古人真的将什么东西陪葬于墓中，那么，所有的墓碑学者就都失职了。而蓟教授连悔恨的机会也没有。

在筑离开家的当天，阿羽又发病了。我手忙脚乱地找医生。就在忙得不可开交的当儿，我居然莫名其妙地走了神。我忽然想起筑说他是从天鹅座 α 来的。这个名字我太熟悉了。我仍然保存着几十年前在那儿发现的人类最晚一座坟墓的全息照片。

下　篇

——录自掘墓者在天鹅座 α 星系小行星墓葬中发现的手稿

我不希望这份手稿为后人所得，因为我实无哗众取宠之意。在我们这个时代里，自传式的东西实在多如牛毛。一个历尽艰辛的船长大概会在临终前写下自己的生平，正像远古的帝王希望把自己的丰功伟绩标榜于后世。然而我却无心为此。我平凡的职业和平凡的经历都使我耻于吹嘘。我写下这些文字，是为了打发临死前的寂寞时光。并且，我一向喜欢写作。如果命运没有使我成为一名宇宙营墓者的话，我极可能去写科幻小说。

今天是我进入坟墓的第一天。我选择在这颗小行星上修筑我的归宿之屋，是因为这里清静，远离人世和飞船航线。我花了一个星期独力营造此墓。采集材料很费时间，而且着实辛苦。我们原来很少就地取材——除了为那些特殊条件下的牺牲者。通常发生了这种情况，地球无力将预制件送来，或者预制件不适合于当地环境。这对于死者及其亲属来说都是一件残酷之事。但我一反传统，是自有打算。

我也没有像通常那样，在墓碑上镌上自己的履历。那样显得很荒唐，是不是？我一生一世为别人修了数不清的坟墓，我只为别人镌上他们的名字、身份和死因。

现在我就坐在这样一座坟里写我的过去。我在墓顶安了一个太阳能转换装置，用以照明和供暖。整个墓室刚好能容一人，非常舒适。我就这么不停地写下去，直到我不能够或不愿意再写了。

我出生在地球。我的青年时代是在火星上度过的。那时世界正被开发宇宙的热浪袭击，每一个人都被卷进去了。我也急不可耐丢下自己的爱好——文学，报考了火星宇宙航行专门学校。结果我被分在太空抢险专业。

我们所学的课程中，有一门便是筑墓工程学。它教导学员，如何妥善而体面地埋葬死去的太空人，以及此举的重大意义。

记得当时其他课程我都学得不是太好，唯有此课，常常得优。回想起来，这大概跟我小时候便喜欢亲手埋葬小动物有一些关系。我们用三分之一的时间学习理论，其余用于实践。先是在校园中搞大量设计和模型建造，尔后进行野外作业。记得我们通常在大峡谷附近修一些较小的墓，然后移到平原地带造些比较宏大的。临近毕业时我们进行了几次外星实习，一次飞向水星，一次去小行星带，两次去冥王星。

我们最后一次去冥王星时出了事。当时飞船携带了大量特种材料，准备在该行星严酷冰原条件下修一座大墓。飞船降落时遭到了流星撞击，死了两个人。我们都以为活动要取消了，但老师却命令将实习改为实战。你今天要去冥王星，还能在赤道附近看见一座半球形的大墓，那里面长眠着的便是我的两位同学。这是我第一次实际作业。由于心慌意乱，坟墓造得一塌糊涂，现在想来还内疚不已。

毕业后我被分配到星际救险组织，在第三处供职。去了后才知道第三处专管坟墓营造。

老实说，一开始我不愿干这个。我的理想是当一名飞船船长，要不就去某座太空城或行星站工作。我的许多同学分配得比我好得多。后来经我手埋葬的几位同学，都已征服好几个星系了，中子星奖章得了一大排。在把他们送进坟墓时，人们都肃立致敬，独独不会注意到站在一边的造墓人。

我没想到在第三处一干就是一辈子。

写到这里，我停下来喘口气。我惊诧于自己对往事的清晰记忆。这使我略感踌躇，因为有些事是该忘记的。也罢，还是写下去再说吧。

我第一次被派去执行任务的地点是半人马座 α 星系。这是一个具有七个行星的太阳系。我们的飞船降落在第四颗行星上面。当地官员神色严肃而恭敬地迎接我们，说："终于把你们盼来了。"

一共死了三名太空人。他们是在没有防护的情况下遭到宇宙射线的辐射而丧生的。我当时稍稍舒了一口气，因为我本来做好了跟断肢残臂打交道的思想准备。

这次第三处一共来了五个人。我们当下便问当地官员有什么要求。但他们道："由你们决定吧。你们是专家，难道我们还会不信任么？但最好把三人合葬一处。"

那一次是我绘的设计草图。首次出行，头儿便把这么重要的任务交给我，无疑是培养我的意思。此时我才发现我们要干的是在半人马座 α 星系建起第一座墓碑。我开始回忆老师的教导和实习的程序。一座成功的墓碑不在于它外表的美观华丽，更主要的在于它透出的精神内容。简单来说，我们要搞出一座跟死者身份和时代气息相吻合的墓碑来。

最后的结果是设计成一个巨大的立方体，坚如磐石。它象征宇航员在宇宙中不可动摇的位置。其形状给人以时空静滞之感，有永恒的态势。死亡现场是一处无垠的平原，我们的碑矗立其间，四周一无阻挡，只有天空湖泊般垂落。万物线条明晰。墓碑唯一的缺憾是未能表现出太空人的使命。但作为第一件独立作品，它超越了我在校时的水平。我们实际上干了两天便竣工了。材料都是地球上成批生产的预制构件，只需把它们组合起来就成。

那天黎明时分，我们排成一排，静静地站了好几分钟，向那刚落成的大坟行注目礼。这是规矩。墓碑在这颗行星特有的蓝雾中新鲜透明，深沉持重。头儿微微摇头，这是赞叹的意思。我被惊呆了。我不曾想到死亡这么富有存在的个性，而这是通过我们几人的手产生的。坟茔将在悠悠天地间长存——我们的材料能保持数十亿年不变原形。

这时死者还未入棺。我们静待更隆重的仪式的到来。在半人马座 α 星升上一臂高时，人们陆续来到了。他们都裹着臃肿的服装，戴着沉重的头盔，淹没着自己的个性。而这样的人群显示出的气氛是特殊的，肃穆中有一种骇人的味道。实际上来者并不多，人类在这个行星上才建有数个中继站。死了三个人，这已了不得了。

我已经记不太清楚当时的场面了。我不敢说究竟是当地负责人致悼词在先，还是我们表示谢意在前。我也模糊了现场不断播放的一支乐曲的旋律，只记得它怪异而富有异星的陌生感，努力想表达出一种雄壮。后来则肯定有飞行器隆隆地飞临头顶，盘旋良久，掷出铂花。行星的重力场微弱，铂花在天空中飘荡，经久不散，令人回肠荡气。这时大家都拼命鼓掌。可是，是谁教给人们这一套仪式的呢？挨到最后，为什么要由我们万里迢迢来给死人筑一座大坟呢？

送死者入墓是由我们营墓者来进行的。除头儿外的四人都去抬棺。这时一切喧闹才停下来。铂花和飞行器都无影无踪了。在墓的西方，也就是现在朝着太阳系的一方，开了一个小门洞。我们把三具棺材逐次抬入，祝愿他们能够安息。然而就在这时我觉得不对头了。但当时我一句话也没说。

返回地球的途中，我才问一位前辈：

"棺材怎么这么轻？好像学校实习用的道具一般。"

"嘘！"他转眼看看四周。"头儿没告诉你吧？那里面没人呢！"

"不是辐射致死么？"

"这种事情你以后会见惯不惊的。说是辐射致死，可连一块人皮都没找到。骗骗α星而已。"

骗骗α星而已！这句话给我留下一生难忘的印象。我以后目睹了无数的神秘失踪事件。我们在半人马座α星的经历，比起我后来经历的事情，竟是小巫见大巫呢。

我的辉煌设计不过是一座衣冠冢！可好玩之处在于无人知晓那神话般外表后面的中空内容。

在第三处待久了，我逐渐熟悉了各项业务。我们的服务范围遍及人类涉足的时空，你必须了解各大星系间的主要封闭式航线，这对于以最快速度抵达出事地点是很必要的。但实际上这种做法渐渐显得落后起来，因为宇航员在太空中的活动越来越弥散。因此，我们先是在各星设点，而后又开展跟船业务，即当预知某项宇航作业有较大危险时，第三处便派上筑墓船跟行。这要求我们具备航天家的技术。我们处里拥有好几位第一流的船长，正式的宇航员因为甩不掉他们而颇为恼火和自认晦气。我们还必须掌握墓碑工业的各种最新流程，以及其中的变通形式，根据各星的情况和客户的要求采取特殊做法，同时又不违背统一风格规定。最重要的是，作为一名营墓者，必须具备非凡的体力和精神素质。长途奔波、马不卸鞍地与死亡打交道，使我们都成了超人。第三处的人都在不知不觉中戒绝了作为人应具备的普通情感。事实上，你只要在第三处多待一段时间，就会感到普遍存在的冷漠、阴晦和玩世不恭。全宇宙都以死为讳，而只有我们可以随便拿它来开玩笑。

从到第三处的第一天起，我便开始思索这项职业的神圣意义。官方记载的第一座宇宙墓碑建在月球上。这个想法来得非常自然。没有谁说得上是突发灵感要为那两男一女造一座坟。后来有人说不这样做便对不起静海风光，这完全是开玩笑。这里面没有灵感的火花。其实在地球上早就有专为太空死难者修建的纪念碑了。这种风俗从一开始进入浩繁群星，便与我们远古的传统有天然渊源。宇宙大开发时代使人类再次抛弃了许多陈规陋习，唯有筑墓风一阵热似一阵，很是耐人寻味。只是我们现在用先进技术代替了殷商时代的手掘肩扛，这样才诞生了使埃及金字塔相形见绌的奇迹。

第三处刚成立的时候有人怀疑这是否值得，但不久就证明它完全符合事态的发展。宇宙大开发一旦真正开始，便出现了大批的牺牲者，其数目之多，使官僚和科学家目瞪口呆。宇宙的复杂性远远超出了人们论证的结果。然而开发却不能因此停下来。这时如何看待死亡就变得很现实了。我们在宇宙中的地位如何？进化的目的何在？人生的价值焉存？人类的使命是否荒唐？这些都是当时大众媒介大声喧哗的话题。不管口头争吵的结果如何，第三处的地位却日益巩固起来。在头两年里它很赚了一笔钱。更重要的是它得到了地球和几个重要行星政府的暗中支持。直到神圣的方尖碑和金字塔形墓群首先在月球、火星、水星上大批出现时，反对者才不再说话了。这些精心制造的坟茔能承受剧烈的流星雨的袭击。它们的结构稳重，外观宏伟，经年不衰。人们发现，他们的同胞飘移于星际间的尸骨重有了归宿。死亡成了一件很值得骄傲的事情。墓碑或许代表了一种人定胜天的古老理念。第三处将宇宙墓碑风俗从最初的自发状态引入一种自觉的功利行为，的确是一大杰作。这样持续了很长一段时间，直到人心甫定，墓碑制度才又表露出雍容大度的自然主义风采。

现在已经没有人怀疑第三处存在的意义了。那些身经百难的著名船长见了我们，都谦恭得要命。墓葬风俗已然演化为一种宇宙哲学。它被神秘化，那是后来的事。总之我们无法从己方打起念头，说这荒唐。那样的话，我们将面临全宇宙的自信心和价值观的崩溃。那些在黑洞白洞边胆战心惊出生入死的人们的唯一信仰，全在于地球文化的坚强后盾。

如果有问题的话，它仅仅出在我们内部。在第三处待的日子一长，其内幕便日益昭然。有些事情仅仅是我们这个圈子里的人才知道的，它从来没有流传到外面去。这一方面是清规教条的严格，另一方面出于我们心理上的障碍。每年处里都有职员自杀。现在我写下这一句话时，心仍蹦跳不止，犹如以刀自戕。我曾悄悄就此问过同事。他说："嗤声！他们都是好人，有一天你也会有同感。"言毕鬼影般离去。我后来年岁大了，经手的尸骨多了，死亡便不再是一个抽象的概念而成为一个具象在我眼前浮游着。我想意志脆弱者是会被它唤走的。但我要申明，我现在采取的方式在实质上却不同于那些自戕者。

有一段时间处里完全被怀疑主义气氛笼罩。记得当时有人提了这么一个问题，即我们死后由谁来埋葬。此问明显受那些自杀者的启发，而且里面包含着实际不止一个问题。我们面面相觑，觉得不好回答，或答之不祥，遂作悬案。此时发生了上级追查所谓"劝改报告"的事情，据说是处里有人向行星联合政府打了报告，对现行一套做法提出异议。其中一点我印象很深，即有关墓碑材料的问题。通常无论埋葬地点远近，材料都毫无例外从地球运来，这关系到对死者的感情和尊重。更重要的，它是一种传统，风俗就该按风俗办理。这一点在《救险手册》里规定得一清二楚。因此，谁也不能忍受报告中的说法，即把我们迄今做的一切斥为浪费精力和理性犬儒主义。报告还不厌其烦地论证了关于行星就地取材的可行性和技术细节。其结果大家都知道了。打报告的人被取消了离开地球本土的资格。我们私下认为这份报告充满了反叛色彩，而且指出了我们从不曾想到的一个方面。我们惊诧于其语，震慑于其大胆，到后来竟有人暗中试行了其主张。某日有船载运墓料去仙女座一带，途中燃料漏逸。按照规定，只能返航。但船长妄为，竟抛掉墓料，以剩余的燃料推动空船飞往目的地，用当地的岩浆岩造了一座坟，干出了骇世之举。此坟后来被毁掉重建，当事者亦受处分。这是后话。

　　要花上一些篇幅将我们的感受说清是很困难的。我还是继续讲我们的工作中的故事吧。我仍旧挑选那些我认为是最平凡的事来讲，因为它们最能生动地体现我们事业的特点。

　　有次我们接到一个指令，它与以往不同的是，没有交代具体的星球和任务，只是让筑墓飞船全副武装到火星与木星之间某处待命。我们飞到那里后，发现搜索处和救险处的船只已经忙碌开了。我们问他们："喂，你们行吗？不行的话，交给我们吧。"但是没有回话。对方船上似乎有一层焦灼气氛。末了我们才知道有一艘船在小行星带失踪了，它便是大名鼎鼎的"哥伦布"号，人类当时最先进的型号之一。不用说其船长也就是哥伦布那样的人物了。船上搭乘着五大行星的首脑人物。

我们在太空中待了三天，搜索队才把飞船的碎片找回一舱。这下我们有事干了。虽然从这些碎片中要找出人体的部分是一件很烦琐的活，大伙仍然干得十分出色。最后终于能够拼出三具尸身。"哥伦布"号上面共有八名船员。出事的原因基本可以判明为一颗八百磅的流星横贯了船体，引发了爆炸。在地球家门口出事，这很遗憾。但惨状却是宇宙中共同的。

"他们太大意了。"宇航局局长在揭墓典礼上这么总结。我们第三处的人听了都哭笑不得。人们在地球上都好好的，一到太空中都小孩般粗心忘事，为此还专门成立了个第三处来照顾他们。这种话偏偏从局长口中说出来！然而我们最后都没敢笑。那三具拼出来的尸体此刻虽已进入地穴，但又分明血淋淋地透过厚墙，景象历历在目，神色冷峻，双目睁开，似不敢相信那最后一刻的降临。

有一种东西，我们也说不出是什么，它使人永远不能开怀。营墓者懂得这一点，所以总是小心行事。天下的墓已修得太多了，愿宇宙保佑它们平安无事。

那段时间里，我们反常地就只修了这么一座墓。

在一般人的眼中，墓的存在使星球的景观改变了。后者杀死了宇航员，但最后毕竟作出了让步。

写到这里，我看了看我用笔的手，也即是造墓的那只手。我这双老手，青筋暴起，枯干如柴，真想象不到那么多鬼宅竟由它所创。它是一双神手，以至于我常常认为它已摆脱了我的思想控制，而直接禀领天意。

所有营墓者都有这样一双手。我始终认为，在任何一项营墓活动中，起根本作用的，既非各样机械，也非人的大脑。十指有直接与宇宙相通的灵性，在大多数场合，我们更相信它的魔力。相对而言，思想则是不羁的，带偏见和怀疑色彩的，因而对于构造宇宙墓碑来说，是危险的。

在营墓者身上，我们常常看见一种根深蒂固的矛盾。那些自杀者都悲观地看到了陵墓自欺欺人的一面，但同时最为精美的坟茔又分明出自其手，足以同宇宙中任何自然奇观媲美。我坚信这种矛盾仅仅存在于营墓者心灵中，而世人大都只被墓碑的不朽外观吸引。我们时感尴尬，而他们则步向极端。

接下来我想说说有关女人的事情。

小时候在地球上看见同我一般大的小姑娘一无所知地玩耍，我便有一种填空的感觉。我相信此时此刻天下有一个女孩一定是为我准备的，将来要填充我的生命。这已注定了，就是说哪怕安排这事的人也改变不了它。稍微长大后我便迷上了那些天使般飞来飞去的女太空人。她们脸上身上胳膊上腿儿上洋溢着一层说不清是从织女星还是仙女座带来的英气，可爱透顶，让人销魂。那时我也注意到她们的死亡率并不比男宇航员低，这愈发使我心里滚滚发烫。

我偷偷在梦中和这些女英杰幽会时，火星宇航学校还没对我打开大门。这就决定了我命运的结局。当晚些时候我被告知宇航圈中有那么一条禁忌时，我几乎昏了过去。太空人和太空人之间只能存在同事关系，非此不能集中精力应付宇宙中的复杂情况。大开发初期有人这么科学地论证，而竟被当局小心翼翼地默认了。这事有一段时间里在一般宇航员心中疙疙瘩瘩起来，但并没经过多长时间，飞船上的男人都认为找一个宇宙小姐必将倒霉。于是我们所说的禁忌便固定了下来。你要试着触犯它吗？那么你就会"臭"起来，伙伴们会斜眼看你，你会莫名其妙找不到活干，从一名大副变为司舵，再降为掌舱，最后贬到地球上管理飞船废品站之类。我以为宇航学校最终会为我实现儿时愿望提供机会，但结果恰恰是相反。可是那时我已身不由己了。宇宙就是这么回事，不由你选择。

我独人独马，以营墓者身份闯荡几年星空后，才慢慢对圈子中这种风俗有所理解。有关女人惹祸的说法流行甚广，神秘感几乎遍生于每个宇航员心灵。我所见到的人，几乎都能举出几件实例来印证上述结论。

此后我便注意观察那些女飞人，看她们有何特异之象。然而她们于我眼中，仍旧如没有暗云阻挡的星空一样明朗，怎么也看不出大祸袭来的苗头。她们的飞行事实使我相信，在应付某些事变时女人确比男人更加自如。

有一年，记得是太阳黑子年，我们一次埋葬了十名女太空人。她们死于星震。当时她们刚到达目的地，准备进入一家刚竣工的太空医疗中心工作。幸存者是她们的朋友和同事，也多为女性。我们按要求在墓上镌上死者生前喜爱的东西：植物或小动物，手工艺品，首饰。纪念仪式开始时，我听身边一个声音说："她们本不该来这儿。"

我侧目见是一位着紧身宇航服的小巧少女。

"她们不该这么早就让我们来料理，连具完尸也没有。"我无限怜悯。

"我是说我们本不该到宇宙中来。"她声音沉着，我便心一抽。

"你也认为女子不该到宇宙中来?"

"我们太弱。那是你们男人的世界。"

"我们倒不这么看。"我充满感情地说，不觉又打量了她一眼。我以前还没真正跟一个女太空人说过话呢。这时在场的男人女人都转过头来瞧着我俩。

这就是我认识阿羽的经过。写到这里我停下笔来，闭上眼睛，无限甜美而又无限辛酸地咂味了好几分钟。

认识阿羽后我就意识到自己要犯规了。童年时代的感觉再度溢满心中。我仍然相信命中注定有个女孩在等我等了好久，她是个天生丽质的女太空人。

阿羽的职业是护士。即便在这个时代，我们仍需要那些传统的职业。所不同的是，今天的白衣天使正乘坐飞船，穿梭于星际，潇洒不俗而又危险万端。

当我坐在坟茔中写这些字时，我才猛然注意到自己竟一直忽略了一个事实，即我和阿羽职业上的矛盾性。总是我把她拯救过来的人重又埋入陵墓中。她活着时我不曾去想这个，她死了我也就不用想它了。可为什么直到此时才意识到呢? 我觉得应该把我俩的结识赋予一个词:"坟缘"。我要感谢或怪罪的都是那十具女尸。

在那天的回程途中我心神不定，以至于同伴们大声谈论的一件新闻也没有听进。他们大概在讲处里几天前失踪的一名职员，现在在某太空城里找到了尸体。他在那里逛窑子，莫名其妙被一块太阳能收集器上剥落的硅片打死了。我觉得这事毫无意思，只是一个劲地回想那坟地边伫立的宇装少女和她的不凡谈吐。这时舷窗外一个卫星的阴影正飘过行星明亮的球面，我不觉一震。

我和阿羽偷偷摸摸地书信来往了两个月，而实际见面只有三次。其间发生的几件事有必要录下，它们一直困惑着我的后半生，并促使我走进坟墓。

首先是我生病了。我得的是一种怪病，发作时精神恍惚，四肢瘫痪，整日呓语，而检查起来又全身器官正常，无法治疗。我不能出勤。往往这时就收到阿羽发来的信件，言她正被派往某某空域出诊。等她报告平安回到医疗中心站时，我的病便突然好起来。

我不能不认为这是天降之疾，但它又似乎与阿羽有某种关系。但愿这是巧合。

跟着发生了第三处设立以来的大惨案。我们的飞行组奉命前往第七十星区，途中刚巧要经过阿羽所在的星球。我便撺掇船长在那星球作中途泊系，添加燃料。他一口答应。领航员在计算机中输入目的地代码。整个飞行是极普通的。但麻烦不久后便发生了。我们分明已飞入阿羽所在星区，却找不到那颗星球。无线电联络始终清晰无比，表明该星球导引台工作正常，就在附近。可是尽管按照它指引的方向飞，飞船仍像陷在一个时空的圆周里。

我从来没有见过船长如此可怖的脸色。他大声叫喊着，驱使大家去检查这个仪器，搬弄那个仪器。可是正像我的怪病一样，一切都无法解释和修正。终于人们停下不动了。船长吊着一双眼睛逼视大家，说：

"谁带女人上船了？"

我们于是迟疑地退回自己的舱位，等待死亡。良久，我听见外面的吵嚷声停止了，飞船仿佛也飞行平稳了。我打开舱门四顾。我难以置信地发现飞船正在地球上空绕圈子，而船上除了我一人外，其余七人都成了僵尸。我至今已记不住各位同伴的死态了，唯看见他们的手，还一双双柴荆般向上举着。

此事引起了处里巨大震动。调查了半年，最后不了了之。在此后一段时间里，我耳边老回响着船长绝望的叫声。我不认为他真的相信船上匿有女子。航天者都爱这么咒骂。然而我却不敢面对如下事实：为什么全船的人都死了，唯有我还活着？事件为什么恰好发生在临近阿羽工作的星球的那一刹那？又是什么力量遣送无人控制的飞船准确无误回到地球上空的呢？

女人禁忌的说法又在我心中萌动起来。但另一个声音在企图拼命否定它。

不久后我见到了阿羽。她好好生生的，看见我后惊喜异常。我一见面便想告诉她我差点做了死鬼，但不知为什么忍住了没说。我深深地爱着她，不在乎一切。我坚信如果真有某种存在在起作用的话，我和阿羽的生命力也是可以扭转其力矩的。

我不是活下来了吗？

前面已经说过，我和阿羽相识仅仅有两个月。两个月后她就死了。她要我带她去看宇宙墓碑，并要看我最得意的杰作。这女孩心比天高，不怕鬼神。我开始很犯愁，但拗不过她。她死得很简单。我让她参观的墓并不是最好的，但仍有一些东西很特别。我们爬上三百公尺高的墓顶，顶上有一直径数米的孔洞直通底部。我兴致勃勃地指给她看："你沿着这往下瞄，便会——"她一低头，失了重心，便从孔中直摔到了底部。

后来我才知道她有晕眩症。

一丝星光正在远处狡黠地笑着。有一艘飞船正从附近掠过，飞得如此小心翼翼。此后一切静得怕人。

我让一个要好的同事帮我埋了阿羽。为什么我不自己动手？我当时是如此害怕死。同事悄悄问我她是什么人。

"一个地球人，上次休假时结识的。"我撒谎说。

"按照规定，地球人不应葬在星际，也不允许修造纪念性墓碑。"

"所以要请你帮忙了。墓可以造小一点。这女孩，她直到死都想当太空人，也够可怜的。"

同事去了又回。他告诉我，阿羽葬在鲸鱼座 b 附近，并且他自作主张镌上了她的宇航员身份。

"太感谢了。这下她可以安心睡去了。"

"幸亏她不是真正的太空人，否则，大概是为你修墓了。"

很久我都不敢到那片星区去，更谈不上拜谒阿羽的坟茔。后来年岁渐长，自以为参透了机缘，才想到去看望死去多年的女朋友。我的飞船降落在同事所说的星上，逡巡半日后，心不安得紧。我待了一阵，重跳上飞船，奔回地球。随后我拉上那位同事一齐来到鲸鱼座 b。

"你不是说，就在这里么？"

"是呀，一起还有许多墓呢！"

"你看！"

这是一个完全荒芜的星球，没有一丝人工的孑遗。阿羽的墓，连同其他人的墓，都毫无踪迹。

"奇怪，"同事说，"肯定是在这里。"

"我相信你。我们都搞了几十年墓葬了，这事蹊跷。"

黑洞洞的宇宙却从背景上凸现出来，星星神气活现地不避我们的眼光，眨巴眨巴地挑逗。我和同事忽然忘了脚下的星球，对那星空出起神来。

"那才是一座真正的大墓呢!"我指指点点说，全身寒意遍起，双腿也成了立正姿势。

我那时就想到我在第三处可能待不长了。

第三处的解散事先毫无一点迹象，就像它的出现一样神秘。在它消失之前宇宙中发生了多起奇异事件。大片大片的墓群凭空隐遁了，仿佛蒸发在时空中。这是不可思议的事情，真相一直被掩饰着，不让世人知晓，但营墓者却惶惶不可终日。那些材料不是几十亿年也不变其形的么？仍然有一部分墓遗下，它们主要分布在太阳系或靠近太阳系的星区。这些地方，人类的气息最为浓郁。第三处后来又在远离人类文化中心的地方修了一些墓，然而它们也都很快失踪了，不留任何痕迹。星球拒绝了它们，还是接收了它们呢？

似乎是偶然间触动了某个敏感部位，宇宙醒了。偏激的人甚至认为它本来就是醒着的，只不过早先没有插手。

那些时候我仍周期性地发病，神志不清中往往见到阿羽。

"我害了你。"我喃喃道。

她沉默。

"早知道我们跟它这么合不来，就不去犯忌了。"

她仍沉默。

"这原来是真的。"

她沉默再三，转身离去。

这时我便感到有个强烈的暗示，修一座新墓的暗示。

于是就有了现在的情形。天鹅座 α 星是一个遥远的世界，比那些神秘消失的墓群所在的星球还要遥远。我是有意为之。我筑了一座格调迥异的墓，可以说很恶心，看不出任何伟大意义。在第三处你要是修这样一座墓，无疑是对死者的亵渎。我觉得我已知道了宇宙的那个意思。这个好心的老宇宙，它其实要让我们跟它妥帖地走在一起、睡在一起，天真的人自卑的人哪里肯相信！

这我懂得。但我的矛盾在于我虽然反叛了传统，但归根结底却仍选择了墓葬。我还有一点点虚荣心在作怪。

写到这里我就觉得再往下写没什么意思了。

我要做的便是静静地躺着，让无边的黑暗来收留我，去和阿羽相会。

（注：这篇文章写于 1988 年 7 月，曾投寄《科幻世界》，被退稿，后获 1991 年世界华人科幻艺术奖小说类首奖，收入《宇宙墓碑》，新华出版社 1998 年 1 月版。）

作家的话 ◈◈

从读科幻中，我体会到了一种对未知的探索，对我们与宇宙关系的沉思，以及对迷信的破解，对公平正义、人类大同的追求。科幻作者常常把人放在极端环境中，来考验他和她的人性，挖掘其潜能。科幻试图对人类的未来作出一个回答。

——韩松：《看的恐惧》后记

"五四"以后,科幻小说销声匿迹了。科幻代表着什么?代表着想象与乌托邦,在一个有限的言论可能中投射不可能的事情。它有很多动机,比如隐喻的动机、社会评论的动机等。一九〇〇年至一九一〇年中国就有科幻小说,一百多年以后,科幻潮似乎又到来了。科幻让人无从预测,他们在文学上的新颖性特别值得珍惜。科幻是一个做梦的文学,是一种乌托邦。它不是乱想,而是基于一定现实的想象力。

——韩松:《宇宙墓碑》后记

推荐者的话 ◈

韩松自 1980 年代初就开始写作科幻小说,他是中国当代科幻的先锋人物,并推动了科幻这个文类的复兴。韩松的风格被称为"卡夫卡式"的,其作品中充满了怪诞、梦魇场景的寓言性描写。他的科幻想象是对当代中国日常生活现实表象下的大胆窥视。他所揭示的"真实",或现实的深度真实,放在传统现实主义文学中或许显得"不可思议",但在科幻小说的语境中"真实"可以获得"技术性"的解释。在这里,技术既具有一种政治含义,又被当作一种文本策略来使用。在韩松的很多长短篇小说中,不可见的技术操控着人们的思想、支配着人们的梦境,但同时,正是因为如梦似幻、超现实的科幻想象中的技术,使故意被隐匿的现实得以被再现出来。

韩松常说:"中国的现实比科幻还要科幻。"这样说的时候,韩松也可能是指出科幻只不过是再现中国的"现实"。这表明他所写的并不是隐喻、象征或诗性的事物,相反,它清晰揭露出冷酷的现实。

而反过来说，也只有科幻小说才能再现现实的真相。通过韩松的写作，科幻文本和中国现实之间不仅建立了隐喻性的关系，而且也有着转喻的关联，对中国现实的描写被编织为承载科学奇想的文本，后者替代了在写实层面"不可见"的现实。在这种情况下，科幻小说描写的现实比任何现实主义方法所容许的写作更具有真实感。在主流现实主义中缺失的有关现实的真相，只有在科幻小说话语中才能得到再现，这决定了科幻成为一种颠覆性的文类，它抗拒"看的恐惧"。

——宋明炜：《再现"不可见"之物》

朱苏进
绝望中诞生

　　朱苏进，1953 年生于南京。1959 年随父到福州入学，小学五年级起因病辍学。1969 年参加中国人民解放军，在厦门某部队当炮兵，历任瞄准手、侦察排长、连指导员、团政委等职。1971 年开始业余创作。1977 年调福州军区政治部从事专业创作。1982 年加入中国作家协会。著有中短篇小说集《金色叶片》及长篇小说《醉太平》等。其创作常在和平时期军人日常生活的表现中，融入对军人价值的思考，塑造现代职业军人的形象。

调令已由集团军正式下达。

明晨四时，本人将离开炮团，赴大军区某部任参谋。这次调动很惹人羡慕。本人的级别虽没有变动，但职务地位大大上升了。今后，本人就是上面的人了。如果来此公干，炮团的头头们会涌上来握手，口里有节奏地"哎呀呀"欣喜。我将称他们"老领导"。这称呼很妙，一听就知道只有自己也是个领导才会这么叫。团长的嗓音比往常更亲切："明晨用我的车送你。"那是团里唯一的新型作战指挥车，那车才真叫个车。本人的组织关系、行政关系、供给关系三大材料已装入档案袋，由干部股长亲自交给本人。从这一刻起，本人就不是炮团的人了。在三大关系送交军区之前，本人又不是那里的人。假如这数天里本人猝然身亡，追悼会与抚恤金由何方承担将是个棘手的问题。

两个公务员奉命来捆绑行李。我的行李之微薄使他们大吃一惊。我给了他们一人一盒烟和清理出的物品：脸盆皮包藤椅镜子闹钟……全是别人舍不得抛弃的东西。我年轻，未婚，因而舍得抛弃，每抛弃一样东西都体会到自己的旺盛活力。地上搁着的旅行包不足三十斤，是我服役十一年的积累。我除了奋飞已无退路。

现在是个阴晦的下午，适合于孤坐与沉思。我将居住多年的单身宿舍缓缓察看一遍，毫无目的地察看。白墙早已黄中透黑，天花板渗出的紫色水渍因我过于熟悉而令人烦闷，六角形地砖光滑如镜，边缘被岁月融解得模糊不清，屋中弥漫着我的气味，我要离去了才强烈地嗅出它确实是我的气味。哦，不会遗下什么了，该丢弃的已经丢弃。但我尖锐地感到某种遗失，被遗失的似乎是这样一种东西：它就在身边，凝神追想时总想不起来，悠然无思时却会从记忆中掉出来。我停止寻找，倒在床上，微合目，懒散地……是它！

我面前有一堵墙壁，朝南，墙正中是窗户。在窗框与墙壁的接合处有一道很窄的、近二尺高的缝隙。隐约可见的是，那缝隙被一个细细的、笔状的纸卷儿塞死了。两年前，我搬进屋来时就注意过它，当时想把它剔出来，重新修补窗框，只因为它塞得很结实而作罢。当然，在这两年里我目光无数次掠过它，它甚至给我带来些奇思异想：某些秘闻？绝命书？一束请柬？……最后我总告诉自己，那是堵塞缝隙的废纸卷，如同所有住公房的单身汉的生活一样，随意对付。

现在我即将离去，我断定此去再不复返，这就使这件事情有了最后的意义。我从房内找出一根适于挑剔的钢锯片，朝它走去，由于再度充溢幻想而手足惶乱。我从窗玻璃上看到自己的面影，两颗瞳仁闪亮，我立刻拉上窗帘，于是制造出一派神秘气息，我也确实感到神秘。仿佛去启动某种神灵密语。身心似被洞穿。

这片刻内的经历我再也回忆不起来了。

后来我能回忆出的是：长长的纸卷已经躺在窗前写字台上，四周是一摊从缝隙里洒落在犹如弹壳内发射药那样细碎均匀的赭色颗粒，略有苦涩温热的气味。纸卷异常沉重、坚硬，默默放射因为年深日久而形成的金属般青辉。我又累又诧异，它竟然如此完整！我原以为把堵塞得那么紧密的东西剔出来会支离破碎。我究竟是怎剔除的？那过程已是我记忆中的空白。

这时，我发现了第一个怪异：

长长的纸卷在桌面上的方位与指南针一样，上北下南。哦，偶然吗？可怕的偶然。

我从细小的缝隙里望出去，像从瞄准具中望出去，发现了第二个怪异：莲花山锥状主峰出现在视野里。如果出现任何其他山峰，我都不会惊奇，但莲花峰是这一带方圆三百公里内地区的最高峰，也是这一带地表构造的中心。我甚至可以借助峰顶上的一抹阳光，猜见顶尖上那三角状的国家一级觇标。它是这一带大地测绘时的最重要的控制点，其坐标数据经几十年来多次测标，已精确到毫厘。方圆三百公里内所有地物地貌的测标与标绘，都以它为基准或参照。此刻它夹在缝隙里，我只要稍微移动头颅，它就消失。我的面孔感觉到莲花山原野吹来的清凉的风，它们从缝隙中流入，仿佛是莲花山的绒毛。我感到山是活物，并且是伟大的活物，特别在它被夹在缝隙里的时候。

第三个怪异便是面前的纸卷，它因夹塞日久几乎熔铸成一根硬棒，还带有微弱的磁性。我极其小心地拨开它，不时呵上一口热气，使它不至于脆裂。它的外壳纸页已接近铝化，稍一碰就碎成粉末。但是越往里越完好，我逐渐触到它的柔韧、平滑和蕴藏的弹力，甚至能嗅到被禁锢久远的气味。我不禁赞叹纸质的优越。据我的经验，只有少数特制军用地图才使用如此优越的纸。

呵！它正是半幅军用地图。总参测绘局一九六一年绘制。五色。下边标注

比例：1∶50000

地貌性质：丘陵/城镇

区域：莲花县/石中县

高程：1956 黄海高程系

磁偏夹角：2—80

它正是我部所驻的区域性地图，地图的使用者无疑是内部人员，可能就是我的前任。我很快在地图的右侧找到团部位置：陈厝村庄西南面。所有的地图包括军用地图概不绘制军事设施，因为它们是保密单位。只有使用者在需要时自己标绘上去。陈厝村庄西南远方，大约在团部宿舍区位置处，被人用红笔标志⊙。边上，在莲花山巨大的山峰坡面上用红笔写着：

东经 115°24′37″

北纬 30°17′97″

高程（黄海平均海平面）53.27 米

这是我在地球上的位置。一切发现与猜想均在此开始。

几行字色迹已经暗淡，从笔触中仍能见到当时的激动。最能表露此人身份的是阿拉伯数码字，那种书写方法是我们专业人员独有的，简捷迅速均匀。然而最使我惊愕的还是此人的异常心态。你看，这几行字铺满绵延数十公里的莲花山麓，每字占地近一平方公里。末尾数笔，直插大海，锋利遒劲，沿途截断九龙江，横扫五个万人以上的村镇，还有十几道山脊和无数地物。……

我搬开椅子趴在地面，吹去灰尘仔细寻找。我一寸一寸地搜索抚摸，膝盖和肋部被坚硬的地面压迫得生疼，汗水渍酸我的眼睛。我有个预感，职业性预感：地面上的符号，极可能在这间屋内找到。

果然，床底中央一块六角形地砖上，隐约可见用锐器锲刻的基准点标志⊙，圆圈中心点被打进一枚铜质铆钉。这就是此人的宇宙中的位置了，其精确度必须经他用仪器反复测标已达最高极限，可与远处莲花山觇标——国家一级控制点并立！

我既觉可笑又颇为敬服。一个人，很可能还是和我一样的基层军官，把自己的立足点搞得如此精密又有什么价值呢？何况是固定在这样一间低劣的单身宿舍里。……但是，我内心深处的职业热情被挑起了，甚至意识到某种挑战意味。

须知，此人获得如此精密的测地成果，首先需具备高精度经纬仪和精湛的专业经验，需要在周围三十公里方圆内掌握三个国家级觇标及控制点的精确数值，这些全属绝密！觇标与觇标之间的方位夹角不小于六十度，这样才能保证测量精度。经纬仪分别测出三个觇标的准确方位角，就可在图版上交会出自己的立足点，或者用三角函数表标出。

道理简单，但是操作起来非常不易，最低限度也需要几个先决条件：

1. 最佳视野里有三个最佳的可视觇标。

2. 每觇标之间夹角不小于六十度。

3. 已知每标的绝对坐标值及高程数。这些资料不提供给师属地面炮兵部队，属总部专控，我们通常只知其相对坐标值。当然，在一个执着而智慧的专业人才那里，他可以重新测标并予以破译，这又需要他的超常素质了。

4. 占有精密器材，具备熟练的观测技能，不畏艰难地进行近于天文数字的连续运算。这种观测与运算需反复进行多次。

现在连我也觉得不可能了。

首先他不具备第一条件。就算他瞒过众人耳目斗胆把测绘器材搬进屋里来，可在这间火柴盒般的十二平方米屋内根本望不出去，南面是窗户，窗外有两株满抱粗的针叶松，树龄五十年以上，树身遮住大半扇窗。北面是门，门外是荒山，视野受限。东西两面则是厚实而完整的墙。

我突然记起，他已通过窗框与墙壁之间的缝隙，获取了第一个觇视点——莲花山觇标。这么说，那缝隙不是自然形成的，而是他有意剔啄而成。

我急忙抓过那半张地图，凭自己的经验判断他第二觇视点的可能位置。地图显示：莲花山在正南，那么第二觇视点只能在偏东或偏西方向，夹角才不小于六十度。是的，西面约十三公里处，是海拔二千四百米的秀岭，主峰上也有觇标。我掀去床板，站到地砖上位置，目光循秀岭方向望去，厚厚的墙壁遮住视线。我判断这堵墙壁必有奥秘，墙壁某处必与外界相通，他的视线必须通过这堵墙才成！

有生以来，墙壁头一次向我显示出城堡般厚重气概，它外层是污浊的垩粉，内部是花岗岩料石，高三米二，宽四米，毫无被洞穿过的痕迹，却有不露声色的压抑。

墙上唯一的镶嵌物是一个简单的木质衣架。准确说是一条长六十公分、宽十二公分的厚木板，木板右中左钉着三个瓷质衣帽钩。这种衣架在任何单身宿舍里都可以看到。我抓住木板两端，用力摇晃后拽，它吱吱叫着从墙中脱身，粉土与砂粒掉了一地。墙壁上出现三个木榫造成的黑孔，很深。中间的孔透出一丝光，我朝这个孔吹口气，光线增大了，现出比子弹头略大些的觇视孔。我趴到孔前朝外望，只看到荒野一角，不见秀岭。我很快明白了原因，退回标志上，保持全身重心稳定，想象自己头颅是一具经纬仪。右眼是镜头。先向左转，从窗框缝隙中看见莲花山，再向右转，对准墙上小孔。只有这样两个觇视点才能在我这里交会。成功了！我看见像星星那样闪耀的秀岭峰尖，一闪就滑过。

我极度疲劳，胸膛变成大鼓咚咚乱跳。

他是个了不起的家伙。打开一道隙就准确地取视到莲花山觇标，打开一个孔就捕捉到秀岭觇标。须知开一个孔比开一道缝困难十倍。从缝中观察外界，只限制方位角，不限制高低角，而在孔中观测，方位与高低同时受限。刚才我的右眼位置（也即经纬仪镜头）若是偏移任何一分（左或右，上或下），就永远看不到秀岭觇标。除非推倒面前的墙。

明白我的感慨么？

此人对外物的方位有着超人的敏觉，他只消坐在这里，透过墙壁凝视（根本看不到）远方秀岭，然后走过去用铅笔在墙上画个小圈，再打穿这小圈，不需对墙造成更多破坏（才不至于惊动旁人），秀岭峰尖就从孔中呈现。哦，他对四周地形地貌地物多么熟悉！对相互之间的距离方位高低诸关系的判断多么准确！他的思维迈着灵动的双腿从这个山尖跃到那个山尖，省略掉两点之间的漫长过程，而我们总习惯于在幽深的谷中探索。

第三觇视点在哪里？

毫无疑问，它应当在东方或东北方。可我在地图上再也找不到能和莲花山、秀岭媲美的舰标了。请看：东面是大海，近海没有可设舰标的突出部位，北面是田野，直奔海边，高差不足五米，没有显赫地物。特别不可能的是，这间屋子的东面是一连串单身宿舍，他即使洞穿墙壁所窥见的只是他人内室，这很卑下。更何谈连续洞穿十几堵墙视取野外呢？北面毗邻荒山，密不透风，最令测绘者们乏味，连设置四级舰标的价值都没有。结论：在这间屋内不可能获取第三舰视点。

　　可是，我已经不相信客观条件而相信他的天赋了。从他获取两个舰视点的情况看，他具有一般人罕见的狂热欲望和极其冷静的智慧。越是绝望的事，越使他兴奋不已。他会像求生者那样执着地酝酿狠狠一击，会像饿兽撕扯肉骨那样撕扯疑难。是的，他有双倍的野性和双倍的智慧。他绝不肯容忍失败，特别是已经成功了三分之二，⊙点坐标的精确值又证明他最终完全成功了。

　　我在屋内苦思许久，每寸地面、墙壁、天花板都再度搜索过了，仍然没发现暗藏的第三舰视点方位。我知道他不能没有第三舰视点即检验点，否则坐标值不被世人承认也无权上图，这是铁律！但我就是找不到它，这使我异常沮丧，随之产生对他的恼恨。他和我都住过这间屋子，职务大致与我相同，占有与我一样多的空间与待遇，床铺与桌椅。他却默默地显示出远比我优越的天资、心智、性格，他在我将要离去时刺激了我，我坠入他设置的迷阵中冲撞了一个下午，已经接近答案了又陷入绝境。

　　我找不到最后一颗神秘种子。它肯定在屋内。他播下的。

　　我用他的方法搜索出两个舰视点，为什么用同样的方法会在第三觇视点面前碰壁?

假如我不动那窗框,一切会平静如旧,我该走了,为什么在最后一刻自取其辱?尽管这羞辱无人看见。

我想他后来肯定是死了。

二

但是他的魂灵仍在屋内游动,天黑时我强烈地感到这一点。他给我留下了遗物:半幅军用地图。我忍不住反复端详。地图在自然气息中仿佛苏醒过来,变得鲜艳而柔软,各种符号和图纹愈发清晰。我看出这图在被撕坏前是一张崭新的地图,表面没有作业痕迹。倘若它不损坏,起码还可以使用三年左右。很难想象,撕坏此图的人会是他本人。我默诵着他的话:"一切发现与猜想均在此开始。"

他究竟发现了什么和猜想什么呢?

什么使他激动到狂放的程度呢?

我决定去找股长,他在团里工作二十多年了,曾经住过这间屋子,他肯定了解某些情况。当然,这不会是他的手笔。你就从他服役二十多年还是个正营职来看,就不具备那人的才智。

股长见到我递去的地图,脸色急剧变化,继而粗重地叹息着:"从哪里找到的?"

"窗框缝隙里。你曾经在那屋里住过。"

"为什么我没找到呢?"股长有些惭愧。

"你知道他是谁吗?"

"当然知道，那间屋子藏龙卧虎啊。他是我的老战友，名叫孟中天。这次你调到大军区，很可能见到他。"

股长欲言又止，看得出内心复杂。孟中天与他前缘不浅。

"如果我可以知道的话……"我试探着。

股长思索片刻："当然可以，前车之鉴嘛。何况你也要调到军区去了，应该有思想准备。孟中天才气超群，我是望尘莫及。但我早就预料到了，他会身败名裂。哼！他果然身败名裂了……"

三

股长告诉我：

十多年前，孟中天年方二十二岁，就任团司令部作训参谋，上尉军衔，在同龄人中已是鹤立鸡群。他业务娴熟，精力过人，深为团长倚重。

但他有个毛病，好孤独，和周围所有人都无深交。所以他越是出色，便越是寂寞。孟中天痴爱地图，尤其是军用地图。他收藏了我军所配备的各种型号各种用途的地图。从一比五千的精密图开始，比例逐次增大：一比二万五，一比五万，一比十万……直到一比三百万的战略用图。比例再大的地图他就不喜欢了，嫌它把"大地抹净了"，是一张"死图"。他的宿舍四壁贴满了地图，从地面直到天花板，他躺在床上也可以欣赏变幻莫测的地貌。他通过这种方法把自己的空间扩大了无数倍，俨如一方君王在自己领域内纵横驰骋，从中获取某种神秘的体验。地图一律按照拼接法衔接：上压下，左压右。一比五万的军用地图和一张日报差不多大，实地面积相当于一个数百平方公里的县。他拼接得细致至极，一个县挨着一个县。接合处绝无半点错移。这可以从地图上的网状坐标线上检验。你站在墙角贴住墙壁眯眼一瞄，任意选择的一条横坐标线直插另一墙角——长达上千公里，中间没有断裂起伏。再用条丝线拴个铅锤，待它垂直不动时贴到地图上，纵坐标线和丝线完全吻合。军用地图拼接法是世界共同的，在拼接好的地图上用扁铅笔作业，可以顺畅地从上画到下，从左画到右。中国地形竟那么奇妙：恰好是北（上）比南（下）高，西（左）比东（右）高。蓝色河流从这张图流到那张图，正是从左边流到右边，或是从上面往下面，协调得不可思议，仿佛地图拼接法就是为中国地形设立的。十二平方米的房间，骤然变得万千起伏。他时常久久地观赏，思索，竭力读透山脉的每一处细节，让思维顺着河道从这个县蹼到那个县，从平原追随到海边。沿途所经过的裂谷、峰峦、浅滩、居民地……都使他赞叹不已：一条 0.83/秒（流量每秒零点八立方）小河，居然能穿过山脊！还敢在 208 高地上拐一下，这种勇气肯定雨季才有，平时它绝不敢碰 208。

　　站在整面墙的地图面前，数千平方公里大地仿佛从天上急泻下来，山脉如波浪千姿百态，一刻不停地按照内在指令朝远方涌去。在孟中天眼里早已无平面，他的心理和生理都已习惯于立体感受它们。这是识图用图人员最重要又最难养成的素质。密匝匝的、一圈套一圈的等高线画出山的头颅与身脊，他的手抚摸它们时，习惯地做波浪状，不断被山脉顶起来，又不断地滑入山谷。图标与弧线越密集，他越着迷，那里经常隐藏最异常的地貌，对那里光读不行，心灵必须像深入深渊那样一分一分爬下去，直接体验大地的骨骼与关节。他发现任何一块地域都有一个主体构造，或者是巨山，或是大河。它像帝王一样耸立当中，肆意摆布小于它的地物们，它们的隶属关系简直可以绵延千里。比如：这条无名河在208高地拐了一下，因为它不拐不行，百里以外的莲花山暗示它非拐不可！人只有面对地图才会震惊：上面的一切都洋溢着生命，犹如无数张人脸聚集成堆，或灵动或呆滞或尖刻或放浪，它们总是有万语千言想说而又说不出来。孟中天甚至能从图上看出来春夏秋冬，任何一处地表的四季都不同样。

他对图上的错讹处兴致更浓。每找到一处都是他的享受。总参颁发的六三式系列图谱，被他挑出的错讹达三十四处。但他从不示人，更不上报。

很少人愿意到孟中天的小屋来闲坐，他也不欢迎人来。他的桌椅床铺和墙都有二尺距离，光这就叫人愕然，觉得没有依靠。他宣布，他的中心位置是东经115.24度，北纬30.17度，经线穿过百慕大，纬线穿过开罗市中心。……

股长把半幅地图摊放到桌面上，注视它的断裂处，默诵上面的字句。

"原先它是完整的，孟中天亲手把它撕裂，真可惜呵……"

"他是热爱地图的人，也下得了手？"

"那天半夜他闯进我屋里来，非常激动。他说：昨天他忽然对大比例地形图发生兴趣。他在屋里挂起一比三千万的世界地形图，无意中发现了全球地表有几个神秘现象，他认为这些现象很可能揭示古大陆的成因，因此非告诉我不可，他已经忍受不住了。"

"你还记得是哪些现象吗？"

"他全写在这张图被撕去的半幅上。写在背面。我记得，因为他当时的情绪使我永生难忘。我说给你听。

"第一，依照天体规律，地球在形成时应是个均匀的几何体。为什么陆地分布如此不均？全球陆地的三分之二处于北半球，而且集中在靠近北极的中、高纬地区。南半球的陆地只有三分之一，也相对靠北。南半球的南半部，几乎全是海洋。

"第二，为什么每块大陆都是北宽南窄，呈倒立三角形？

"第三，为什么北极是一片圆形海洋，地球在那里凹陷？为什么南极是一片圆形陆地，地球在那里凸出？

"第四，隔海相望的大陆边缘，似乎可以拼接在一起，什么原因使它们分离？诸如此类，大概有五六条。"

"确实奇妙，不过我好像在哪里听说过。"

"你肯定听说过，因为这些全是世界地形的最基本特点，在任何一本高校地理教科书上都可以找到记载。当时我哭笑不得，告诉他，他的发现晚了一千年。否则，他可以载入史册。"

"这么说，他没有上过高校？"

"没有。"

"也没读过地理地质方面的书籍？"

"没有，否则他不会那样激动。"

"原来，他是个凭直感观察世界的畸形天才，某些方面超出常人，某些方面处在常识之下。"我非常震惊。

"正是这样。我告诉他，这些发现早已算不上发现之后，他就垮了，撕裂了地图，一言不发地走开。"

我控制不住，坦率地道："股长，你当时应该告诉他：那些发现确实是伟大的，人类获得这些发现用了几千年时间。而他，刚刚接触世界地形图就捕捉到这些神秘特征。我们所知道的是从书上看来的，他所知道的是自己探索出来的，从这个角度讲，他确实可称为第一个创见人。凭他的素质，只要多读些书，了解人类已经掌握了什么，就可以远远越过我们，进入未知领域。"

"是啊是啊是啊……"股长讷讷地，"他走后我才想到这方面。"说罢，脸上又露出难以名状的复杂表情。

四

孟中天遭到人们猜忌甚至妒恨，他自己总感到莫名其妙。他能继续在团里生存全是因为团长钟爱："我带他一个人出发，等于带半个图库，你们谁行？"

孟中天也以他卓越的军事素质挽救过团长的前程。

一九六五年初春，团编入战役预备队施行长途机动，六天六夜拉出去一千三百公里。到达待机地域后，团长一查图，部队已经跑出地图外了，四面全是生疏地形，无法确定团指挥部所在位置，炮群也就无法进行射击准备。恰巧大军区宋司令员在场，这位上将手里有本区地图，偏不给团长看，斥责他："为什么不带足地图？你自己想办法。规定时间内你完不成射击准备，我立刻撤你的职！"参谋长也一筹莫展，副团长早躲到炮阵地上去了。团长叫来孟中天，说："如果你想不出办法，我这个兵就当到头了。"孟中天站到山顶上，把周围地形看了五分钟，判断部队越出地图并不太远。他把那张地图铺到作业板上，边上拼接大幅白纸，抓过十二支 HB 绘图铅笔，把被地图边线切断的山脊、水流、裂谷、荒野……慢慢延伸出去，再添上地物、标高、坐标网。他作业时，宋司令员站在边上看，团长紧张到极点，却不敢靠近。三十分钟后，孟中天大声报出团指坐标值。宋司令员下令全团"暂停"，亲自检查孟中天从地图边缘发展出去的地图，将它和自己的作战地图对照，看不出差别。他立刻叫来测地排，用仪器检验。结果：十平方公里内，误差不超出千分之三。三十平方公里外，误差不超出千分之九。孟中天用肉眼和手工获得如此成果，使在场的人惊骇不已。他们都是行家，知道：在一比五万的地图上，用铅笔尖轻轻画上一道线，这条线在实地就宽达十五米！

宋司令员说："千古第一人。"

孟中天说："图上一切都是必然的。"

宋司令员下令全团继续操作，乘车离去。

全体人员站立不动，目送上将的车尘。

不料，越野车开出百米，又掉头驰回。宋司令员下车后径直走到孟中天面前："我还要考你一回。"

宋司令员哗啦一声抽出一张崭新的地图，从中间撕开一个拳头大的洞，扔到作业板上。"三十分钟，你给我补回来。"

孟中天目光一扫，惊道："司令员，你把大地的结构中心撕掉啦。山势河流统统没有依据，叫我怎么补？"

宋司令员不露声色："我有意干的。"

孟中天苦思片刻，在地图破洞下面铺垫一张白纸，开始作业。这次，他竟将程序颠倒，采取逆推理的方法，如同沿着人的手足往上描绘，直至绘出躯干与头颅，被撕掉的山脉、通路、裂谷相继出现，地图在三十分钟内复原了。测地排再度用仪器检验。宋司令员说："不用了，我考的不是精度。"忽然和婉地笑道，"第一次，你显示了你的军事素质。第二次，你显示了你的应变能力。你确实不错。我希望我俩后会有期。"他只跟孟中天一人握了手，转身时严厉地瞟一眼众人，登车离去。

半个月后，师部转来大军区司令部党委办公室的电话通知，素来杀伐决断不容异议的宋司令员，此次指示的口吻异常客气：

　　请代我从侧面征求一下二七〇团参谋孟中天的意见，他是否愿意协助我做些秘书工作？万勿勉强，切切。

　　若愿意，请速告我。若不愿意，也请征询他的意愿，并予安排。

　　另：只要我在职，此人的去留当由我定。

宋雨 8/9

这份电话记录稿惊动了军师团三级，上将司令员亲自掌管上尉参谋的前程，并邀他做自己的秘书。人们敬畏交聚，仿佛议论圣人一样纷纷议论着孟中天。团长长吁短叹，始终不置一言。

五

股长说："他面临重大选择，横竖都得一定终身了。他只征求过一个人的意见，就是我。"

"你怎么回答?"

股长苦笑:"其实,他来找我之前已经拿定主意了。他的习惯是,小事情上多征求别人意见,大事情上一声不吭独自决断。他来找我,实际上是他需要找双耳朵倾诉一下心情罢了,而我却受宠若惊,真诚地傻呵呵地替他大出主意。我告诉他,宋司令员已经有两个秘书了,你资历浅,去了只能是跑跑颠颠的小角色,首长在重要事情上不会依靠你的。再说,大机关人事关系复杂得要命,一言不慎,终生后悔,跌跤都不知怎么跌的。还是向首长要个名额,进军事学院深造的好。"

"确实是一个选择。"

"我看得出他渴望冒险,说难听点渴望青云得志。他说,他已经尝够单纯专业人才之苦,永远只被人用,不能用人。他驾驭山水,人家却总驾驭他,他不干了!现在是他改弦更张的机会,依靠首长,另辟天地。他深信自己在若干年内能成为军区机关中的重要角色。他说,他在研究地貌地图的时候,常常联想到人生,内中有许多可沟通的道理。大地是自然,人也是自然的一部分,他积累的大量经验完全可以用于人生。他也颇为感慨,说,你我相处八年了,而宋司令员只见过我一面,但是他比你更了解我。……我忽然明白:他从来没有真心把我当作朋友,他内心里根本瞧不起我。那天晚上,我们绝交了。"

"雄心和野心很难分辨。"

"临走前,孟中天把他屋内的地图全部揭下来,揭得非常小心。乖乖,铺开来足有三十多平方米。我以为他会交回图库。但是,他却把它们卷成个大纸筒,擦根火柴烧掉了。呵,火焰非常蓝,半透明，不冒杂烟，有一股甜甜的气味。他拿着它烧！三十多个县、六千多平方公里在他手上烧！被烧掉的地图价值七千多元，我们完全可以抓起他来，以破坏军备罪判两年以上有期徒刑。可是周围站满了人，没有一个敢作声。团长政委都不知躲哪儿去了！只听孟中天大声说：'古代军人以马革裹尸，太陈旧了。今天军人战死后，应该裹着军用地图焚烧，看这火。'地图化为灰烬后仍然保持银灰色圆筒状，孟中天轻轻举起它，对着太阳照了照，再猛一抖，圆筒在他手中碎了，碎片笔直地落地，没有一片飘开。孟中天又大声说：'军用地图含金属成分，你们知道吗？'他走的时候，没有一个人送行。全部行李打成个小包，自己提着。"

我怦然心动：我也只有一个小包。

"孟中天到军区后，倒也身手不凡，很快成为宋司令的大秘书，几年后提升为军区党办副主任，副师职呵。'文革'动乱中，他深深地卷入军区上层权力斗争，成了宋司令的得力干将，连部长们都怕他。他主持过几个大专案，下令杀过人。他在党委会上一巴掌打飞了刘副政委的眼镜，这位老红军当场休克。他至今没有结婚，但和几个女人私通，其中一位姓陈的姑娘还是我小学同学，怀孕后精神分裂，现在还在医院。他离开团里的第三天，一位女工就来找我告他，女工也已经怀孕了。我报告了团长，团长指示我送她五百元钱，动员她打胎了事。哼，够啦！他的恶迹我就不说了，你一到军区就会听到。后来，他也躲不过，上层复杂得要命。他被逮捕查办，罪名是三反分子，这我不相信，但我理解。军区专案组专门来函调查他早期情况，要我们揭发上报。他被判刑六年，监外看押。后来，好像又从宽处理，恢复军籍，仍是连职，和十几年前一样。"

"你们联系过吗?"

"一走了之啊，老实说，我想念过他，给他写过几封信，一封不见回。后来他升上去了，我也不写了，他根本不屑于叙旧。哈哈哈……"股长笑中隐含辛酸。然后从橱子里拿出包东西，"麻烦你带点茶叶给他。信嘛，我还是不写。你也别说这茶叶是我给的，就说是团里老同志送的。他毕竟在难中，此生怕不会出头了。"

我接过茶叶，表示尽力交到孟中天手里，并把他近期情况写信告知股长。

股长颔首不语，显得格外憔悴。

我知道不该问，但还是忍不住问了："孟中天被抓起来时，你们揭发了吗?"

股长顿时不安，沉默着。

我宽慰："揭发也属应该，军人嘛，总还得听上面的。"

股长仍然沉默着。我告辞，股长把我送出门。夜已深，风渐凉，草木簌簌令人凄清，星月俱无，两眼在黑暗中忽然涌满泪水。我听到近旁低低的、悲怆的声音："来函让我烧毁了，没人知道此事。我没有揭发孟中天，二七〇团也没有人揭发过一个字。"

六

军区机关大院背倚五凤山，面朝市区，占地极大。四面用青砖砌起围墙。计有东南西北四座大门，每门设三个哨兵，传达室还坐着一个值班军官。另外还有专供首长小车出入的西便门，设双岗。

大院又被分为办公区和宿舍区，建筑物无数。我住的那幢灰色旧楼编号二五二。二五三是路边公共厕所，二五四楼已被拆除，宅基地上立一个巨型水塔。我对住房不抱幻想。初到大机关，要准备从最差的房子住起，甚至准备在办公室档案柜后面搭个铺，熬上几年，再一级级调整。我明白，重要的不是住房，而是住在房里的人。军区大院是一座深山，任何一个旮旯角里都可能藏龙卧虎。到这来的人，全是从军区三十万部队中选拔出来的，当年都曾叱咤一方风云。然而同类人物相聚一起，都得收紧自己，看清四面八方的关系，以及关系与关系之间的关系。按时上下班，腋下夹几份材料，记住首长的车号和秘书的电话，注意黑板上的供给通知，在大食堂小车队门诊部服务社内有几个熟人。机关是个越久待就越爱待的地方，让你不觉得缺什么，自动消除非分之想。某部通讯参谋告诉我：机关实际是一座工厂，把一棵棵参天大树的人改制成木板木块，以适应需要，但在这些人身上，仍可见参天大树的年轮。

二五二楼的建筑年代已不可测，两层，窄窄的窗子，原先的漆色早已褪色，墙壁厚二尺，楼内光线晦暗。阳光透进里面总是薄薄一片。我独坐屋内时喜欢让一片宝贵的阳光落在眉心当中，即刻有被命中被劈开的奇异感受。屋内一切消逝在黑暗里，唯我孤独而坚硬，我时常独思闷想徜徉天际，让内心沉睡的东西蠕动起来，犹如精神沐浴，恰当的孤独真是种幸福。在那幢阴暗寂静、晃晃悠悠的老楼内，我常陷入幽深心境。

二五二楼具有怪异气氛。

1. 极其寂静，整日无一丝响动，从来无人敲过我的门。我站在楼道里屏息谛听时，可听到楼的内部结构交错呻吟。

2. 夜间，楼里的灯光会莫名其妙地暗淡下来，一直暗到几乎熄灭的程度，但是不灭。我在黑暗中凝视钨丝发红、颤动。过些时候，它会自行明亮。几乎每夜都反复出现几回。大院内使用共同电源，其他楼房并无此类怪事，唯独二五二。

3. 最初我没意识到，后来才奇怪：楼内为什么不见老鼠蟑螂一类的讨厌生物？按照常情，这幢高大古旧的老式楼房内，应当鼠患不绝。我从没听见过鼠奔和噬咬声，这幢楼似乎死去了。

4. 命中注定，孟中天竟然也住在楼内。我住西头三号，他住东头三号，楼下还住一个保管员，是个老兵。整幢楼就我们三人。剩余的房间全已充做仓库，堆满马列经典著作、待焚毁的文件材料、早年的奖状奖旗……总之，我是和曾经煊赫一时如今废弃不用的人物及物品住在一起。

东头三号位于楼梯对过。门前铺块踏脚棕垫，明白无误地显示：里面住人。我敲敲门，没有动静。我扭动门把一推，门开了。门扇慢慢地沉重地朝后旋去。嗨，门后有重物落地，我被惊吓住了。屋内拉着深色窗帘，朦胧不清。一张很大的写字台上，堆着书籍案卷。椅背上搭着件旧军大衣。床头衣架上，军装领口仍缀有领章。对面墙壁贴着大幅世界地形图，上抵天花板下接地板……我在观看屋内时，房门并没有停止旋转，现在它又朝前来了，仿佛后面有人推它。它无声无息，乌云蔽日般逼近我，我后退一步，它与门框合拢。咔嗒，舌簧再度入槽。

我朝阴暗的楼梯口望去。刚才似乎有人偷看，静候片刻，不见异常。我迈步回屋。正走着，脚下有奇怪声音，不是脚步声。我停步谛听，很静，接着又走。脚下又传出声音。这回听清了，声音低哑而沉闷。

"他不在家。你找他干吗?"

是保管员,他在楼下隔着天花板跟我说话。

我低头朝地板喊:"没什么事,想看看他,认识一下。他出去多久啦?"

"半个月吧。"

"什么时候回来?"

"难说。"

"怎么不锁门啊?"

"从来不锁。"

我们就隔着楼板交谈几句,谁也看不见谁。声音却挺清楚,就像面对面说话。这楼里什么都休想隐瞒。

回屋之后,我半天不动弹,内心悲凉。我和两个什么样的人住一块啊。一个,我进了他的屋却不见其人,门也不锁,屋内的气氛就像刚刚搬出尸首。也许我回头再推开那扇门,他又呆滞地坐在那里了。来去无影,诡谲莫测。另一个,我和他怪诞地聊半天,不见其面容,他在某次事故中烧焦了脸,终日不肯见人,只是睡。但从来不会真正睡去,稍有动静都会被他捕捉住,如同匍匐一隅舔伤的小兽。我们三个在这幢老楼内还必须朝夕相处,他俩孤僻乖戾,深沟高垒,被外界遗弃后又遗弃外界,不过这也是一种抵抗。我是正常人,出了楼就可以和部长处长们融洽相处,身心泰然。正因为如此,我会不会招致他俩的敌视?须知在这里我只是孤身一人,就连仓库里的经典著作奖状奖旗们,都默默地站在他俩那边。我决定一有可能就搬出老楼。

有天夜里，我弄完一篇冗长的报告，端起脸盆踩着快要裂开的楼板朝水龙头走去，过道里灯光迷暗，脚下咔咔作响。我把脸盆放在水池边上，伸手拧水龙头开关，忽觉手掌发麻，一直蔓延到胳膊，我惊叫着后退，望着黄铜水龙头。刚才我好像握住一个毒蛇头颅。

东三号门无声地打开，强烈的灯光涌进走道，有个身影伫立在灯光里，面目不清。

"注意，水龙头带电。"

"什么？"

"电压不低，能把人打昏。"

"怎么会，我天天用它。"

"你没用多少天。它只在夜里带电。"说完，他把门关上，走道又陷入黑暗。

我过去敲门。门开了，他仍然站在门后。我估计刚才门关上之后，他就没挪动身体。甚至是在期待我敲门。

"你是孟中天？"

他点点头。

"我是苏冰，刚从炮兵二七〇团调来的。"

"二七〇团……"他喃喃低语。

我顿时有了信心。因为我们一下子从血缘上沟通了。我随他进屋，正欲落座，孟中天却从沉思中惊觉，热情地抓住我的手，用力握紧，"请坐，请坐。"

我站起身重施见面礼，然后再度坐下。

"只有夜里，它才带电。可能是因为夜间潮气大，电流渗透出来。这幢楼的线路乱七八糟。我经常想，类似现象很微妙。妙不可言！……"他觉察到我没听懂，便示意屋外，"那只水龙头哇。在你我身边，充满了不可思议的力量。对此，只能猜测，不能解释。注意到灯光在变亮吗？好像有个怪物要从灯口钻出来。如果我们从灯口开始思考，循着花线、皮包线一直思考下去，经过开关、保险闸、绝缘管，就进入地下了。那里遍布管道线路，从这幢房子盖起后就再没人能见到它们。我们以为它们安静地待着，其实它们早就乱成麻花了。没有什么是不可沟通的。也许你拿起插头，随便朝墙壁上一插，就会有电流溢出。四十三号楼上个月拆除，地基下面遍布老鼠的骸骨。随后，四十二号楼全部线路中断。这两幢楼的建筑时间相距十九年，线路完全不搭界的。可是，时光把它们沟通了。"孟中天神秘地微笑。

"管理处为什么不修理？"

"你是指这座老楼？"

"当然包括它。"

"世上最难以沟通的是人类，这是总原因。具体原因嘛，一是没有电死过人，二是我没报告过漏电情况。哦，我知道你又要问为什么。"孟中天颔首沉默，"身边有这么多神秘莫测的现象，我喜欢它们。它们从来不会伤害我，反而使我思考许多东西。所以，我不希望它们消失。"

我注视着孟中天冷峻的脸，预感到他是个很有内在力量的人。最初我以为他肯定寂寞，我就是怀着点悲天悯人的心情进来的，和他聊聊，甚至暗藏优越感。现在看来，他可能什么都有，偏偏就没有寂寞。

谈话中断，他也在注视我。

于是我们仿佛在进行一场精神交锋。我也注视他，把握自己别过分。

这一刻也许会决定我们以后的关系。

"噢，你等一下。"

我惶然地起身跑开，回屋去拿那包茶叶。我厌恶他那夜兽般幽绿冰冷的眼睛，同时又觉沮丧。这个孤傲强硬的失败者！人和人果然最难沟通。

"老吴托我带点东西给你。吴紫林。"

孟中天接过嗅了嗅："铁观音。可惜我没什么东西给他。"随手放到桌上。

我建议道："可以给他写封信嘛。"

"真的，我还从来没给他写过信呢，十六年喽。要是我给他去封信，告诉他我如何倒霉，他会很愉快的。"孟中天眼内露出些笑意，"我准备让他愉快一下。现在他当什么？"

"股长。"我加重语气，"老股长啦。"

"和我预计的一样。十六年前，我和他分手时曾经预言：如果我不离开，将来我和他，一个会当团长，一个会当政委。要是我离开团里，我还是我，而他呢，最多只能当个股长。"孟中天笑笑，"他只有在别人的牵制和鞭策下才能成事，他没有驾驭一方天下的性格。"

我吃惊又愤怒。孟中天对股长的评价甚为精当。但他沦落到如此地步还在弹劾旁人，可见沦落得应该。

孟中天又问起团里几位老资格。我一一介绍他们的近况。孟中天也一一做出简评。

"不出所料。"

"此人失意时是人才，得意时是蠢材，一颗野心两副面孔，我最善于治理此类人物。"

"此人当团长稍感过分，当个副师长较为恰当。他不善当正职。选他当团长，定是师里用他在遏制旁人。而这位旁人，能力绝对强于他。"

"哼，貌似高明。一望而知，用意是养寇自重罢了。上面绝不会让他把对立面放倒，这样才会有全局平衡，便于领导。他如思考得再深些，就该懂得恰好用同类方针来以下制上，驾驭上头领导。"

"愚蠢！千万不能把亲密战友要来做搭档，这样既坏了工作，又丧失友情，必有反目成仇的一天。两强相斥，必须远远分开——也即让他们远远地竞争才妥。……"

他完全是用高层领导的口气说话，只不过更加露骨更加锋利罢了，因此也更有魅力。我任凭他尽情地议人议政，准确深刻刺激。过去对团里风云人物的许多不解处，经他戳戳点点，竟如墙上的灰浆饰物坍落，显露出原本简单的面目。

孟中天喟叹："十六年了。一言以蔽之：各有所得，各有所失，祸福相依，殊途同归罢了。"

"我在你以前的宿舍住过两年。"

孟中天眼内发亮。那是隐藏着的兴奋。

"没想到，"我说，"如今又和你住一块。"

孟中天忙道："解释一下，让我住这幢破旧老楼里，并非对我薄情，前几年，我大权在握时，也是住在这儿。办公室多次提出要给我调房，我也没调。重要的不是住房，而是住在房里的人。和那时相比，我房内的陈设只拆除了两架电话。唔，你接着说。不要想好了再说，最好想到什么说什么。无心才是真言。"

"那间房子先后住过许多人……"

"关键是住过我。也许可以算上你。对吧?"

"房子有些潮，结构不对称……"

"结实。"

"隔音效果好。地处最西头。人们不常来……"

"独处!"

听声音孟中天有些焦急。他总是把我后面的意思提前捅破。我感到他在鞭策我，尽管不那么说。

"我在要离开团里的最后一天，在无聊中观察房子。在窗框缝隙里发现个纸卷，那是半张军用地图。通过那条缝隙，正好可以望见莲花山觇标。接着，我又从墙上拔出衣架，发现从中间小窟窿里可以望见第二觇视点——秀岭觇标。自然，我在地面上找到了你当年钉立的坐标点……"

"东经一百一十五度二十四分三十七秒，北纬三十度十七分九十六秒。这是我在星球上的位置。"孟中天轻轻背诵，"它们居然还在呵。"

"我有两点不理解。"

"请讲。希望是深刻的疑问。"

"首先，你测量自己的精密到极致的坐标点，究竟是为什么?"

"问得好!"

"我是作训参谋。一般性业务自信不比你差。我知道，要在一座四面封闭的屋内测点完全不可能。而你竟然在墙上开辟了两个觇视孔，这两个觇视孔显然是一次成功的。我知道在判断方位、选择位置、把握角度等问题上你费过多少心思。否则，不可能开孔就见远处的觇标。你的直感是惊人的准确。各项条件也具有惊人的难度。你为什么要耗费这么多精力测算自己的位置？"

"如果你当时问我，我还真答不上来。当时我一面干着一面嘲笑自己神经病毫无价值毫无目的，却耗费了我许多精力。当时我只有一股兴趣，或者是一股激情。当时我在脱衣服，一颗纽扣从身上掉下来，恰巧掉在我两脚中间。我一下子震动了：这就是我的位置中心，自然也是地球的某一点，我对其他物体的位置知道得那么多那么精确，还从来不知道自己的位置呢。所以我下决心搞出自己的精确位置。其误差一定要小于那颗小纽扣，于是就不顾一切地干起来。现在，我明白自己当年的心理状态了。唉，第二个问题？"

"你还没回答第一个啊。"

"还是不回答的好。"孟天中亲切地拒绝。

"我希望我们平等交谈。坦率地讲，我一进屋就感觉到我俩的精神优劣了。你虽然倒了大霉，可你还始终让自己在别人头上盘旋。你自以为跌跟头也跌在别人头上一万公尺处。你总是想抢在别人洞察你之前洞察别人。你根本不考虑别人对此有何感受。你用自己的素质征服了老同事之后，对他们的怀念、诅咒、钦佩不屑一顾。你住在这快腐烂的房屋品尝自己的强悍精神。你……"

没等我发泄完，孟中天已经在轻声回答我第一个问题了，我不得不中止发泄。由此又证明他比我厉害：让我在兴头上自动住嘴，重新追上他的思绪。

"只有一个解释：那时的孟中天展示了超出一般人的性格。敢于

121

为那些对别人毫无意义而对自己精神上非常重要的事情而狂热。不管别人如何评价，只顾放胆去做。那时的孟中天已经开始喜欢身处绝境，被迫进行超常的努力和创造。那时的孟中天不惜一切要实现自我愿望，这在许多人的眼中，自然是很莫明其妙的。那时的孟中天并没有认识到这些，但在盲目地追求这些。这种人，很了不起也很危险。"他语气那样诚恳。

"第二个问题。为什么我在屋里找不到第三觇视点？你靠什么来检验测算成果呢？"

孟中天哈哈大笑："你找了多久？"

"一个下午。"

"真对不起，根本没有第三觇视点。因为我根本不要检验！"

"这样可靠吗？"

"我们思考方法不同。不错，所有教材上都规定两点交叉，第三点检验。所有人都认为觇视点越多，交会点越精确。这已成定理。我们为什么不换个想法：觇视点越多，带进的误差不是也越多吗？两百个觇视点的平均误差，并不一定小于两个觇视点的绝对误差。也即，觇视线越多，交会点越模糊，反而不如两条觇视线相交清晰。我们许多工作，就是把原本好解的事变得不好解，然后费尽心力去解。而且，这种把简单事情复杂化的功夫，往往被称为领导艺术。"

我掩饰自己的窘迫。孟中天的思考方法让人既难以接受又难以驳斥。但是，他敢这么想，这就够使人敬佩。我对测绘业务中诸多灿若星座般的天条，从来都是努力精通它们，不曾有一次冒犯。

我也有异样的感受：由于我没有冒犯它们，所以我对敢于冒犯它们的人，隐隐嫉恨。……倘若那冒犯者是我，该多好呵。

"你还发现过什么？"

"没有了。"你那屋里有那么多值得发现的吗？见鬼！我想。

"再想想。请。"孟中天远远地朝我面前泡好的铁观音点动食指。

"想不出来。"

"墙上。西面墙上。"

"有一块大水渍。从天花板自上而下渗出来。干透之后，已经固定住了。"

"它像什么？"

我蓦然惊觉："非洲大陆！妈的，简直像极了。"

"相当于一比四百五十万的非洲地形图。上北下南右东左西，惟妙惟肖啊！我测量过，它的西海岸线——也就是濒临大西洋沿线，几乎丝毫不差。它的东海岸线——也就是濒临印度洋沿线，起伏小有出入，也在百里以内。这样一块非洲地形图，竟然是雨水渗透造成的，浑然天成，不可思议。……"

"真没发现。"我愧恨不已。那水渍足有半人高，天天挂在我眼前，而我居然能保持平静达两年之久，没能看出奥秘。

"极其偶然，是吧？只要人一这么想，就完了，就视而不见，内心封闭。永远只会观看，不会发现。"孟中天微笑着示意，"请你再看看那个墙角。"

我在屋内巡视，立刻被西北墙角吸引住。那里也有一块灰黄的水渍，从天花板往下渗透。我高声道："阿拉伯半岛！"

"正确，它正在消失，同时在南移。请再判断一下比例。"

"大概，一比一百五十万吧。"

"差不多。真像从地图中撕出来贴在墙上。精彩的蠕动的活物！

你注意一下明暗变化：西南边缘，颜色较深部分，可以看作是希贾贾兹山脉。中部的过渡色，是大沙漠。东部最明亮的区域是海拔不足二百米的平原。"

"有意思……"

"它和面积达二百七十万平方公里的世界上最大的阿拉伯半岛，有着共同成因。"孟中天用平静的声音说出骇人的结论，又注视我的反应。

我保持沉默。实际是有礼貌的抵制。

"吴紫林肯定告诉过你，我发现了地球形态的若干奥秘吧？"

"当然。"

"你还记得是哪些奥秘吗？"

"记得。"我复述了一遍。

孟中天合目颔首："这些奥秘，不知诱惑了多少代人。无数科学家试图认识它、解释它，憔悴而死。至今无人能够成功地解释其形成原因。"他停顿半晌，"我能解释这些奥秘，并且能够说明地球上全部海洋与陆地的起源、变化及未来趋势。"

我震惊了："能大致说说你的理论吗？"

"如果你真的想知道，我当然可以说。尽管你现在内心里不屑一顾，等我说完，你肯定会惊奇。我先问你，你对地质知道多少？"

"限于常识吧……"我含蓄而自信。

孟中天摇头："魏格纳的大陆漂移说，知道吗？"

"不。"

"李四光的地质力学？"

"不。"

"张伯声的镶嵌地块波浪运动？"

"不。"

"甚至连风行地学界的板块构造学说，你也……"

"不。"我声音低弱。那些学说，我并非完全无知。但我所知道，只是支离破碎的皮毛罢了。显然无法招架他即将倾泻的见解。我宁肯说不知道，尽管这使我难堪。

"很好。"孟中天笑了，"你脑瓜里很干净，我说起来也就更加方便了。所有那些学说，都妨碍我们对一种新观点的理解。我宁肯你什么都不知道。我也是在对那些学说一无所知的时候，闪现出自己最初念头的。要是先被学说们占据头脑，我估计我绝无创见。后来，我一一拜读过那些苦心之作，当然它们也不乏真知灼见。结果，它们没能说服我，我却能融化它们。你，是我第一个与之倾诉的人，我有些激动。我想在叙说之前休息一下。我们明天再谈，可以吗？"

我怅然离去。

七

第二天是星期日，我醒来时楼内出奇的寂静。电灯开关我睡前已经关闭，但是灯泡里的钨丝仍然发红。我下床摸了把黑胶木开关，它很热。我用力再关了一下。钨丝熄灭。昨夜我绝对没睡好。即使在梦中我也清晰地感到：孟中天在等待我。

踩着咔咔作响的地板朝他的房间走去。脚下，隔着楼板传来声音："苏冰。"

楼板薄得像脆纸。这种呼唤方式有怪异而又锋利的意味。似乎不是对着你耳朵说话,而是用竹片子戳你后背。

我下楼寻找孟中天。楼下的结构同楼上相同。中间一条宽阔幽暗的走道,两边各有十数扇房门。我向右侧走去,判断孟中天可能在附近数间屋子的其中一间。

我看见有一扇房门和其他门不同,它从上到下包着铁皮,里面似乎有重要物品。我不敲门,径直拧开门把进去,孟中天果然坐在角落处的一张式样古旧的扶椅上,看不清他的面目。凭感觉,他在抑制内心情感。他站起身,道:"这里有某种气氛,是吗?"

我巡视四周,栗然心惊。这间房子极大,大到了一眼望不到头的地步,显然是将相邻的几间房全打穿了合并成一间。在木架上、矮几上、地面上,摆满了大大小小或立或坐全身半身的毛泽东塑像。它们已经放置很多年了,致使塑像的头顶、肩上积聚了一片灰尘。微弱的光线从紫色长帘后面透出来,毛泽东群像们沉浸在暗影里,身姿凝重犹如大片从雪中凸露的山脉。群像们仿佛在幽思,凝定不动,异样地沉着,深不可测。于是这间屋子变成了殿堂,与世外无涉,岁月积淀在这里。高达三尺的塑像与搁置案头的半尺高的塑像,本都该独居一尊。但它们拥挤在一起时各个并不失伟岸气派。空气中有石膏受潮后散发的苦酸。窗帘低垂不动。全部塑像都面对着一个方向——孟中天。

我见过各种领袖塑像,但从未见过如此之多的塑像同时出现。我身心俱感难以承受。我走到孟中天旁边,方才解除些压抑。

"为什么有这么多?"

"三百六十七个,都是当年剩余的。"孟中天说,"还有我,也是个剩余物品。"

从这个角度望去，我蓦然惊觉到一个奇异场面：众多的塑像排列在那里，虽渺无声音但也如同一堆人，而孟中天却安然独处其中！不知他察觉到这点没有，或许他暗中洞悉但浑不为意。你看他注视群像的目光，坦然的神色，胸有成竹的身姿，统统显露出在这里久处且自得的历史。

"这是我的办公室。我曾经有过几处办公室。但是最重要的，还是这间仓库。除了首长没有别人知道。恐怕你也听说了，我是深得首长信任的秘书，又曾任党委办公室副主任，处在这样要紧的位置，我当然知道得很多。我对首长有超出一般秘书的影响力。首长的许多文电、信函，都是我在这里起草的。说实在话，我在这里酝酿并完成过许多文件，后来成了军区党委的决策。没有人会到这里来打搅我，这里安静孤独，有一种……微妙的气氛，很适合于我。用外界的话来说，我是首长身后的要害人物，所以，许多工作先做到我这来，然后再争取首长支持。久之，'孟秘书说……'差不多和首长指示一样了。我权重一时因而招致无数忌恨。我深知那种状况的危险性，我喜欢有危险又有作为的生活，我把自己发挥到极限，也等待最后崩溃。有一天，有人敲门，我打开门，首长进来了。他从来没到这里来过，有急事也只是叫人给这里挂电话。他四处观看，面容严肃，我们一下子变得陌生了。他只和我说了两句话，一句是：该找些绸子把那些塑像盖起来，看落上多少灰。我记下了，这是指示，马上就得办的。另一句话我也记下了——连我也佩服自己的冷静，他说：我代表军区党委宣布，你从即日起停职检查，交代问题。说完他沉默着，我也沉默着，然后他走了，我留在这里。第二天我就被隔离审查，无穷无尽地被盘问、写交代。最重要的内容，就是关于首长的思想言行，以及我协助他干过哪些事情。那是我一生中最疲劳的日子。审查者自称是首长派来的，所问的问题又都十分知情十分尖端，当然也不乏挑拨和诱供。我掌握住一条原则：凡是只有我和首长知道的事，我至死不说；凡是会有第三者知道的事，我如实地交代。哦，我今天还能安静地活着，恐怕和这条原则有关。后来我只有任人摆布了，开除党籍，降职降级，转业处理。我一共被转业四次，都没能转出去，原因很简单，我知道得太多。于是我被扔在这里八年多……至于首长，宣布对我停职审查后三个月，他也被解除职务，关押起来，几年后又放出来，工资照发，离职休息。

"我喜欢孤独，就是在首长的巅峰时期，我也时常从忙乱工作中脱身出来，独自在此沉浸一整天。如果连续几个星期我都不能孤独一下的话，早就失常了。首长知道我这个毛病并且予以理解。后来我彻底孤独了，才知道我以前对孤独的渴望，乃是精神奢华。没人理睬我，不准看报，不准离开老楼，不准收发信件，不准与人交谈……使我烦躁得几乎发疯。那些规定至今仍没撤销，只是没人执行罢了。门口屋里住的战士，真正的职责不是看守仓库，而是监护我。我和他相依为命。他对我无话不谈，是我了解机关见闻的窗口，并且任我自由行动，从不汇报。我呢，则是他在部队服役的保证。有我在，他就得继续监护，没有我，他就得退伍。他已经超期服役三年了，不愿意退伍，无处可去。

"言归正传。我说这么多，目的是想让你知道我当时的绝望处境，你理解吗？"

我点点头。尽管他说得十分简略，我仍然从中感受到巨大的情感波澜。隐约地，对他后面将要倾诉的内容，激起加倍的好奇和畏惧。

"对整个地球的理解，也是我在对自身命运绝望时获得的。人在绝望中自然会有许多疯狂念头，诸如征服人类毁灭星球……"孟中天的目光慢慢地扫视着大片毛泽东塑像，显然亢奋起来，面对塑像们倾诉内心。"那些疯狂念头，大多荒诞不经，人一旦平静下来就会忘却。可是，有些意念却是旷世稀有的灵感火花，偏偏也在人绝望时迸放。"孟中天微笑，"我先从地球最基本的特点谈起。你知道，地球是一个绕轴旋转的椭球形天体，赤道半径六千三百七十八公里，极半径六千三百五十六公里，扁率为一比二九八点二五。赤道将地球分为南北两个半球，最显著的特征就是大陆分布不均及南北极的反对称现象。地球之'顶'——北极，是一个凹陷的近乎圆形的海洋，四周完全被欧亚大陆和北美大陆环抱。因此它是个真正的地中海。可是，地球之'底'南极呢，恰恰相反，是一块凸出的巨大的陆地，也具有圆形面貌，四周全是浩瀚的大洋。南极洲是全球最典型的洋中陆。此外，南极洲有不断上隆的趋势，北冰洋却具有下降的趋势。"

"南极洲与北冰洋形成异常鲜明的对照！"我说。

"我们可以把北冰洋看成是一枚反置的白色围棋子，凸面朝下。再把南极洲看成是一枚正置的黑色围棋子，凸面朝上。两者的面积都恰好是一千四百万平方公里。南极洲的高度和北冰洋的深度也异常接近。我们完全可以拈起南极洲，轻轻一放，它正好镶合在北冰洋里。地球的两端就一样平滑了。奇妙吗？南北极分别位于地轴的两端，其形态上的反对称现象在构造学上有重要意义。

"另外，全球陆地的三分之二集中在北半球，呈放射状由北向南展开，离北冰洋越远，陆地面积越小，各陆块几乎全具有倒置三角形的形态。五大洲综合成一个以北冰洋为中心的大陆星。而大陆星以外的唯一陆块：南极大陆，却坐落在地球的最南端。也就是说，地球上的陆块越北越密集，最北端却是大洋。越往南陆块越稀少，最南端却是一块大陆。众所周知，放射状或星状结构，都是物质从几何中心向四周扩散的结果。地球表面的海陆结构，也统一表现为以北极为中心向南极有规律地变化。你知道怎样制作陶器吗？"

"曾经见过。"

"看看这两张照片。"

"上面是一只普通的半釉粗陶器，表面的釉纹图案与地球表面大陆惊人的相似。你知道，给陶器上釉，是在陶器旋转时，釉料自上而下流动着涂淌上去的。而地球也正是不停地旋转。北冰洋就是地球上端被捅开的巨大圆口，大陆物质不断涌出，沿地球表面往南端流去，沿途渐渐凝固成大陆。南极洲便是其中抵达终点的很少一部分。到这里来。"

孟中天把我带到屏风后面，啪地亮灯。这里被隔开十多平方米的空间，巨幅世界地形图覆盖了整面墙壁。此外，四周还有许多局部图，是倍率较大的典型地貌的平面或剖面图。一张乒乓球桌上堆置着各种模型、文稿，茶几和书架上或立或倒散乱着许多地质学方面的书籍。电源被安置上稳流器，灯光明亮而柔和。我们面前木架上有只地球仪，孟中天注视着它说：

"这是我依据当时的地球条件制作的模型。我让这个地球仪快速旋转，让浓稠物质从北极涌出，它们自然地向下端淌下去……"

"啊，和真的一样！"我脱口惊叹。

"它们就是真的，"孟中天纠正道，"几十亿年并不遥远。北极是全球大陆的源头，是一座超级火山口。D•K协会的唐•安德森甚至认为，四十亿年前，地球曾一度被深达四十公里的巨大的熔岩海洋覆盖。读到这句话我吓一跳，以为他已发现了地球的真正奥秘，再读下去才知道他也只是局部推理。中西方地质界四大学说的共同毛病，就是没能真正把地壳与地球、天体的发展联系起来，即使有创见也是剖面式的或破碎式的，没有整体观。但是我估计，大量地质和宇宙方面的发现，使他们不久后也会制造出我这个模型，所以我得加快步伐。"

我久久凝视模型，被它的美所感动。金黄的大陆物质以柔软的肢体富有韵律地朝四周延伸，弥漫在蓝色的海域里。北极犹如婴儿的小口张开，既似倾诉又似渴求。整个模型呈示着鲜嫩的生命之美妙。我把这一点告诉孟中天。

孟中天感叹着："我制作这个模型就是为了亲眼观看地壳诞生时的景象。你看大陆块的姿态多么随意，多么协调，像只巨大的海星。这种形态与宇宙中许多生命形态近似，造成这种形态的关键是自由。比如，海中的海星和许多藻类，它们的形态就比陆地上的生物自由，因此也更像地壳的初始形态。我想，人的思想如果可以塑造成形的话，肯定也是这种形态，当然必须是自由的思想。"孟中天指示着模型顶端的北冰洋，"岩石学早已表明，全部大陆物质都孕育于地球深部，它们在一定条件下沿一定的通道来到原始地表。北冰洋正是它们的出口。洋中间这道横亘物，就是洋底的罗蒙诺索夫海岭，它的走向穿过北极的极点，将地球的出口北冰洋分为两个巨大海盆。东侧是欧洲海盆，西侧是加拿大海盆，原始大陆分别从这两个海盆中涌出地表，再向东西两侧流淌。还记得刚才你看过的大陆星图片吧，上面的各陆块并不按照标准放射状向四周均匀蔓延，而是相对集中在东、西两半球各一定经度范围内，为什么？因为东半球的欧亚大陆是从欧亚海盆中涌出，西半球的美洲大陆是从加拿大海盆中涌出，彼此大致相背着朝南极流淌。对此，我们又可以从大陆终点——南极，得到证明。南极洲并不是一个统一的陆块，而是被东、西两个陆块拼合起来的。在南极洲中部，长达三千公里的世界最高山脉之一——南极纵断山脉，沿子午线通过极点，将南极洲剖为两半。非常有趣的是：东面的南极大陆和西面的南极大陆，无论在地质上还是地貌上都截然不同！同样有趣的是：尽管它们截然不同，但地层和古生物研究又证明，西面的南极陆块与断续相连的美洲大陆非常一致，东面的南极陆块与澳洲、亚洲在中生代以前十分近似。实际上，南极纵断山脉是东、西半球大陆物质到达终点后拼合的标志。地球原本无海陆，只是由于地心内熔融物质在特殊条件下经北极地区涌出原始地表，又沿着罗蒙诺索夫海岭东西两侧往南流去，并且在流动过程中逐步凝固，才造成了最初的大陆，同时造成了最初的大洋。那时的大洋并无海水，洋底就是未被大陆物质覆盖的原始地表。那时的大陆全部连为一体，而且比今天更加靠近北极。它们像只硕大无边的爬行动物，身躯起伏，一跃一跃地运行。……"孟中天脸庞闪出神往之情。

"无法想象。太恐怖了！"我说。

"美到极致的东西，往往令人感到恐怖。我要能看上一眼当时的场面，死也甘心。那时地球表面上空数十公里内，弥漫着碳气、臭氧、水分、尘埃，浓度极高，温度达上千摄氏度，到处隆隆巨响，空气稠密成了泥浆样的东西，连半米也望不出去，四面八方是灼热的赤红色，地球看起来是比今天更大的红色的星球，上面毫无生命可言，地球本身就是个萌动着的生命。后来的一切，都是那时的继续。"孟中天坐下注视我，"最关键的发现，我已经告诉你了。"然后静静等待我的反应。

有好一会我什么话也说不出来，惊骇的心情难以消除。我努力镇定自己，莞尔一笑，这时一笑真管用。"你所显示出的东西，恰恰证明你蕴藏着更多的东西。"

"不错。好像一座冰山，露出海面的只有七分之一，我还有七分之六埋在海里。"

"你所叙述的，准确地讲，仍然是一种设想，或者说是猜想……"

"是猜想！"孟中天说，"所有关于过去和未来的认识，统统是猜想。关键是看谁的猜想被证实，谁的猜想最能解释今天的地质现象。'板块'说对于破碎后的大陆的解释是成功的，对于大陆的产生无能为力。'地质力学'差不多就是力学，最大的成功——恕我直言，在它的实用效益：找油找矿预报地震。它们所能解释的范围，只限于大陆形成之后。地球被人们分割得太碎了，各学说都死守着自己那点深刻而片面的真理。很多自然学科中，划时代的创见，不是由本学科的人提出来，恰恰是学科外的人最先提出的，因为不懂专业，所以他的精神没被专业学科束缚住，'直感'还活着，然后才产生猜想。很多争论焦点，已经不是对与错的问题，实质上是敢不敢的问题。唉，在这些方面，他们要是具备些毛泽东精神就好了。"孟中天面容肃穆，"猜想也罢，理想也罢，终归要受到实践检验。我既然提出来了，就准备面对全部地质学家和全球地壳现象。要知道，让人们承认一个东西，往往比发现这个东西更艰难。我有准备。"

过了许久，我说："那么，我先提几个问题。"

"请提吧，你一直是比较深刻的。"

"第一，全部大陆都是由地球内部涌出的岩浆构成的……"

"物质，熔化的物质。主要成分是硅铝。这点非常重要。"孟中天予以纠正，然后抱歉地点头，让我继续说。

"为什么这些物质偏从北极出来，而不从南极或者赤道一带出来？（孟中天欲言，我制止他，对他刚才打断我予以一次报偿，从此他再不打断我的话。）出来以后，为什么向南流淌而不向其他方向流淌？"

"非常有力！这实际上就是地壳动力来源问题。这个问题不解决，大地一寸也动不了，我的理论就是沙滩楼阁。天文观测证实：河外天体的谱线红移是普遍现象，也就是说，地球与其他星球之间的距离，随着时间推移而增大。今天看来距我们非常遥远的天体，在地质时期却非常靠近地球。我们设想一下，当时地球南方有一个巨大的天体，对地球产生强大引力，影响着地球熔融物质的流动。就像今天的月亮影响潮汐一样，熔融物质就是一类固体潮汐。整个地球当时都处在半熔状态，地球内部各种物质中，最容易被熔化的是含水硅铝，熔点只有六百五十度，大大低于铁镍镁等的熔点。在地球内部成分中，密度最小的又是硅铝物质，它们被熔化后最容易上浮。通常情况下，上浮是从地心向地表浮去，可是地球南方宇宙空间里有强大的天体引力，因此这种上浮就变成从地球内部向北极方向聚集，也就是'北浮'状态。随着地球温度增高，'北浮'的硅铝物质越来越多，自身也加以膨胀，终于冲破地表的束缚从北极口大规模喷涌。整个地球成了超级火山，北冰洋是火山口遗址。喷涌之后，自然会向下流淌。哪里是下呢？地球原本无所谓上下。同样由于南方天体引力的缘故，南极就成了下。下淌也就是'南流'，它们别无选择。这就是大陆物质从'北浮'到'南流'的旅途，它们前赴后继，行程数万里，只有极少一部分抵达终点，其余都凝固在地球表面，成为原始大陆。今天地球上最古老的岩石是花岗岩、片麻岩、伟晶岩，它们都是酸性岩石，富含硅铝，也证明硅铝物质最早涌出地表。"

"这么说，关键在于地球南方有一个巨大的天体？"

"后来它远去了，越来越远，地球也变得越来越复杂。"

"又是一个猜想！你不能用这个猜想证实前一个猜想，尽管你的猜想非常动人。"

"你也不能因它是个猜想而否定它！现在我证实给你看。那个 X 天体不但给地球造成巨大影响，而且拨弄过太阳系其他星球。火星是地球的近邻，它的生成演化条件和所处的天体环境，与地球完全一致。在火星上，有海洋（无水）也有大陆，有南极也有北极。特别是它的动力学行为，和地球最为相似，你看看这张对照表。"

	火星	地球
自转周期	24 时 37 分	23 时 56 分
绕太阳公转平均速度	24.1 公里/秒	29.8 公里/秒
自转轴与黄道面夹角	25 度	23.45 度

我承认："非常近似。"

"两星球的差异，用天文目光看简直是零。现在，我们再欣赏一下两星球的海陆分布状况。"

我惊叫着:"太像了!"

"惊人的相似。如果有人把火星认作地球的话,我也不会奇怪。今天科学界,对于火星生命抱有极大期望。实际上,火星大陆与地球大陆一样,也是从北极喷涌出来,再向南极流淌。还有月球,哦,它非常微妙!首先,它正面永远对着地球,背面永远背着地球,像个害羞的少女围着地球这个男子汉旋转。月球上也有月海和月陆,奇怪的是,月海几乎全集中在月球正面,月陆几乎全集中在月球背面,你猜猜是为什么?"

"地球引力?"

"正确!你看你,已经在用我的理论解释问题了。月球是地球的卫星,它所承受的最大引力来自地球。据观测,月球正在渐渐远离地球,在地质时期,月球与地球显然靠得更近,引力更大。月球上的大陆物质,只能从背着地球的远地点涌出,再朝对着地球的近地点流淌。地球就是牵引月球的 X 天体。X 天体使地球大陆集中在北半球,海洋集中在南半球。地球也同样戏弄了月球,让月海集中在正面,月陆集中在背面。简直是美妙的艺术行为!现在你还认为我的理论核心是个猜想吗?"

"但地球又是太阳的卫星,它所承受的最大引力来自太阳,不是 X 天体吧?……"我忽然惊醒。

"更加微妙了。"孟中天满面喜色,"既然太阳的引力最大,地球上的大陆物质应当流向太阳而不是流向 X 天体,对吧?是呵,如果地球自己不转的话,大陆物质会流向近日点,可是地球不停地旋转呀,因此地球就没有近日点,只有近日线——赤道。而赤道也在北极的南面。地球终南端呢？始终不变地对向 X 天体，所以 X 天体的引力尽管小于太阳，大陆物质仍然流向近 X 点——南极。何况地质时期的 X 天体引力肯定大于太阳，甚至全部太阳系都绕它旋转。月球是忠心耿耿的，它每绕地球一圈自转也刚好一圈，因此用地球目光看，月球是永远不转的，近日点也永远不变，月陆物质只好从背面涌出。"

"你真了不起，正如宋司令员说过的，千古第一人!"我衷心赞叹。

"谢谢，不过别让宋雨打搅我们。你刚才提到了太阳。对，它是地球的主宰。太阳一直在跟 X 天体争夺地球，地球也曾经在太阳和 X 天体撕扯中顽强地孕育自身，直到 X 天体远去，地球才倒向太阳。不过这时的地球，已经是个脱胎而出的成形的地球了。它们三者之间的争夺史，造成地球表面一个绝对绝对美妙的现象，所有的大陆（除南极），都呈倒立三角形! 这个现象迷惑着也苦恼着人类，几百年来，人们做出无数猜测，至今无人能够正确解释。我们再回头看一看世界地形图，大陆物质从北极口涌出后，先围绕在北极地区附近，然后在 X 天体引力作用下朝南流去。尚未凝固的陆块定向流动时，自然是大头朝上（北），锐角朝下（南），这就造成了欧亚大陆、北美大陆、非洲大陆的倒立三角形状。不，到赤道附近后，情况发生变化。太阳在地球近日线一带造成的引力最大，地球自转所产生的离心力也在近日线一带最大。太阳引力和地球的离心力合作起来，抵消了相当一部分 X 天体的南向引力，使得大陆物质在赤道一带相对延缓、迟疑不前。可是北方的大陆群仍在挤推它们，南方的 X 天体仍在吸引它们，它们想停也停不住。只像等待后援一样休整了一下，又继续南进。它们终于越过赤道地区后，太阳引力和地球离心力大大减弱，大陆物质就以前所未有的速度直奔南极，你看南美洲南部的阿根廷和智利，简直像一把尖刀直插南极，多么迫不及待！它们的前锋部队，已沿着南设得兰群岛和南极半岛，断断续续地抵达南极了。所以，大陆物质在赤道附近形成第二组倒立三角形，南美洲、大洋洲，也可以算上非洲。"

我胆怯地表示一点小小疑惑："大洋洲的形状好像不够明显……"

孟中天哈哈笑着，把地形图倒过来，上南下北，让我再看，我才发觉原来是角度不同，大洋洲这时呈现出倒立三角形状。如此看来，当世界地形图按常规摆放时，大洋洲是个正三角形；大头朝南，锐角朝北。难道它逆全球大潮而动，不肯往南去，偏要往北来吗?!

"大洋洲是个立场不够坚定的家伙，长期徘徊于南北之间。其实又何止于它呢，任何一块大陆一旦产生，就获得了独自生命和内在力量。和人一样，大陆块也既渴望合群又渴望反叛。当全球陆块相继南去时，大洋洲确确实实北移了。请你想象一下，地球上的全部大陆加在一起有多重?"

"不可思议……"

"当这些不可思议的重量，涌出北极来到地表后，就大大改变了原始地表的均衡，它们沉重地长久地压迫着地壳，在地球表层造成一系列惊人的重力异常区，也即：布格重力异常。其异常幅度残留至今天仍达四百毫伽以上。地表未被大陆物质覆盖的区域，也即大洋区，由于承受长久的巨大的重力异常，开始下陷。大陆的压迫和大洋的下陷，使地球收缩，并从北极口吐出更多的大陆物质，这些不断吐出的大陆物质来到原始地表，更加重了大陆对地表的压迫和大洋的陷落，如此循环往复。尤其是原始太平洋地区，它拥有全球最大的面积，也承受比其他大洋区大得多的重力异常，从而成了地表最薄弱的部分，最容易发生剧烈下降。每次地球内部岩浆大规模涌出，太平洋中部洋底就会大规模陷落。呵……这种难以想象的陷落，一次又一次，创造了地球上最大的太平洋，也是平均水深最深的大洋。太平洋的出现，又牵制着四周流淌的大陆物质，使它们缓慢地滑向太平洋。于是，全球大陆在普遍南去的趋向下，又增加了一个崭新的、更加活跃的趋向，环太平洋大陆向太平洋中心运动。现在，我再次请你品味世界地形图，地球上的大陆不正在伸开臂膀拥抱太平洋吗？亲密得犹如橘子皮拥抱橘子瓣儿。让我们简略地总结一下。

"第一，地质时期，地球南方的宇宙空间里有一个巨大天体。

"第二，硅铝物质从北极口涌出并形成始大陆。

"第三，大陆的最基本走向是两个：向南迁移和向洋迁移。

"大洋洲已经跑到南纬四十度了，这时，形成了的太平洋在呼唤它，它无法控制自己的巨大身躯，只好朝低于它的太平洋滑去。形状由倒立三角变得像正立三角了。X天体越是远离，大陆们向洋迁移的劲头越是大于南迁移的惯性。抗光观测证明，大洋洲正以每年十厘米的速度向洋飘移，日本列岛的位置也比明治初年向东南方偏移了五六百米，南北美洲则同时以每年五点八厘米的速度向太平洋中心靠拢……也就是说，它们把太平洋拥抱得越来越紧了，太平洋在缩小，至今在继续缩小中。至于太平洋洋底下陷，你翻开任何一本地质杂志都可以找到证实，发现者甚多。但是这些发现者从没有正确解释过自己所发现的东西。原因么，我前头已经说过了。"

孟中天再度注视暗处的那些石膏像们，从左望到右，又从右望到左，默不作声。我察觉到他有个怪异习性，他内心深处和这些塑像们密不可分。这群一动不动的塑像们，似有某种神秘力量在支持他左右他。比如：每当他激动诉说难以自持的时候，只要一望塑像，言语就戛然而止，面色就平静下来，再度开口时又泰然自若了。这种奇妙更新状态的本领，让我凛然心惊。

孟中天注视我："在你面前坐着的人，像不像疯子？"

"不！……不。"我嗫嚅着。

"即使你说像，也不要紧。在控诉我的材料中，多处指出我'疯狂''歇斯底里'等。医院检查也说我有轻度神经错乱，不过他们没有把握，因为神经病和正常人的区别是很含糊的。我却有这个把握：我不是疯子！我的神经系统高度坚强，但是我距离疯狂只有半步。你应该理解，七八年来，我独自居住这幢楼里，意外地获得巨大发现，这些发现如果能成立的话，将是整个地学界有史以来最惊人的创见！还要深刻地改变天文学、地质学、海洋学、生物学、物理学、气象学、矿物学、灾变学等许多学科的结构，以及它们的研究内容。这种超级创见自然给我造成超级兴奋，有段时间我完全被吓住了，确确实实感到恐惧，世界一下子撕去帷幕，我在毫无思想准备时突然看见它的原始面目。你说，我的精神承受得了吗？我差一点就崩溃了。我之所以没有崩溃，是因为我自己一次次讥笑自己、打击自己：荒唐，不可能，偶然相符，等等。为解脱自己的妄想，我不得不大量阅读各种书籍，阅读的结果，他们的学说反而在证实我的妄想，他们所掌握的无数地质现象恰恰在完善我的理论，而不是他们的学说。我非常渴望和他们面对面论争，渴望被他们反驳，渴望激烈地彻底地摊牌。但是我无人诉说，既没有赞同，也没有反对，还没有质疑。孤独至极，只有面对地球和他们（再度注视许许多多塑像）。你是一个军人，应该理解，真正军人的痛苦是丧失了敌人。我就得不到我的敌对者！我渴望整个地学界纠集各个学科一齐反对我，从而得出结论：正确或者荒谬，那时我才会平静。如果一个人到死都不知道自己的思想是正确还是错误，是真的还是假的，岂不太痛苦太残酷了么？"

孟中天终于流下眼泪。

我也泪眼模糊，体会到死不瞑目意味着什么。人，为什么会死不瞑目。

"我经常像凝固的岩浆，整天整夜地坐在世界地图面前，不吃不喝，观看它们神秘而美妙的形态，揣摩它们的暗示和种种被禁锢的欲望，回顾它们在运行中被肢解被隆起的历史。大陆周围留下这么多碎片。黑暗的洋底里有全球最大的山脉——大洋中脊，长八万公里。炽热的硅铝物质以弧状波形态进行塑性流动。地球的最高山峰陷入地心再度融化。不同趋向的力造成深层挤压和断裂。……世界上最复杂最生动的现象就是大地现象。地质时期所有的力，都保存在大地内部。大地是不说话的，我必须化作硅铝物质去感受它，尽管人类把大地踩在脚下，自以为是它的主宰，其实只是古老岩石上的苔藓。一切森林、领袖、昆虫，一切真理、荣誉、思想，在大地面前统统是尘土，也确实是从尘土中滋生出来的，最终还要归于尘土。不过，人势必要体现大地的某些精神，人和大地有着无法解释的、非常神秘的默契。比如，所有的地图都是上北下南左西右东，为什么？为什么就不能南极在上北极在下？就表现地貌的功能来看，完全一样。可是人们偏偏把北极放在上头，全人类也承认这种绘制方位，没有人以为是错误，也没有人证实不是错误。人类无意识地顺应了大地的脉络，上北下南。还有，人类民族差异之大有目共睹，如果深入研究他们脚下的土壤，会发现人种和陆块的一致性，大地有它的密码，必然遗传到它的子孙身上。……"

孟中天述说了六个小时，后来我们又沉默了一个多小时，静静地望着墙上巨幅世界地形图。

我开始用一种新的目光观察世界地形，深深地被诡谲奥妙的图案感动。孟中天给了我一种理解世界的方法，我随便瞟向哪里都觉得是享受。有生以来，我没有遇到过今天这样强烈的震撼，仿佛有人端坐在另一个天体上，以吞吐宇宙抚弄星云的气势，凝重地叙述史前的一切，他背后，跟随着全部大陆和海洋。这个人，命中注定要开辟一个时代，瓦解大批经营百年的理论与构想。我多么幸运而且陶醉，因为我正坐在这个人面前，是世上第一个倾听创见的人。

"你的理论命名了吗？"

"没有。"

"今后你准备怎么办？"

"让它面向世界。要用它为基本指导，重新解释海洋、陆架、岛弧、地震成因、造山运动，等等，首先要从地学界若干个争论不休的疑难命题开始。任何理论，最终必须能够指导实践、改变世界及人类自身，才会被承认。这需要非常大量的研究……"

"我愿意帮助你，做什么都行，制图找资料我都在行。还有一些朋友，他们在大学，在研究所。我可以请他们帮你把理论推出去。"

"非常感谢。但是，会给你带来麻烦的。"

"那些麻烦不能跟这件事的意义相比。"

"感谢你的理解。"

"我还想问问你，外界的传闻是真的吗？"

我把所听到的一切关于他的恶迹全部说出，包括有关命案审讯、男女关系方面的事。在我叙述时，孟中天的下巴不停地颤抖，眼睛又转向石膏塑像，目光内混杂着哀怨、阴毒的神情，仿佛忍受剧痛般倾听着，一次也没打断我。

我说完了，等待他回答。

孟中天转过脸，镇定地望着我："基本属实。"

"你……你……"我再度被震撼，一时竟难以措辞。

"我承认，我不是正常意义上的好人。不过，这个世界是由好人和坏人共同创造的。历史对人的评价，不是依据他好或坏，而是依据他创造了多少。我的政治生命早已结束，我无法使死去的人复活，也无法把贞洁重新还给女人。这些问题我考虑过一千次了，我只有一个选择，在我有生之年，彻底解开地表的奥秘。我想，这比一千个人的性命、一千个女性的贞洁都更贵重，这就是我的补偿。但我又不是为补偿罪过而工作，那只是个很渺小很美好的感情。我工作是为了完成我的命运。"孟中天冷冷地微笑着，"现在，你还愿意帮助我吗？"

我也冷冷地与他对视，"即使你是个杀人犯，我也要帮助你，我想你会明白，我所帮助的并不是你，而是你的理论。"

"我接受帮助。"

八

现在，我倒感到悲怆了。孟中天的精神世界里，有那么多与我格格不入，甚至丑恶凶恶的东西，但他偏偏占有光芒四射的猜想，这猜想开天辟地，横扫古今。我愿意为他的猜想而献身，因为那是人类智慧的奇异结晶，一经证实必将改变全球认识。可我又不愿意支持这样一种人的人品。我真希望他死去而只把猜想留下。我所表示的：帮助他的理论而不帮助他，纯属自我宽慰，怎么能把一个人的思想从他身心上剥离开呢？如果他的猜想是伟大的，人们肯定称颂他是伟大的人，否则不会有伟大的猜想。我苦恼至极，竟有些痛恨起来。后来的几天里，我见到孟中天就迅速避开，不与他交谈。孟中天呢，也平静地做他自己的事，不主动开口。我想，他对我这类人以及我的内心，早就看得很透了。

我给女朋友韩小娓挂电话，约她见面，她是某大学地质系研究生，兼修世界经济地理专业。我非常乐意调到大军区来工作，主要是为了靠近她。我在电话里告诉她："你来吧，我们谈谈大陆变迁。"

她哧哧笑着："你懂什么大陆变迁，胡乱糟蹋我们专业词汇。只要你不变迁就行了。"

我们在大院西南角赏心亭见面，欢洽一阵之后，我说："我最近有一个奇怪的设想，地球表面大陆，是从北向南推移的。"

小娓撇着嘴角："读书读出毛病来了，别把我们地质学和你的军事地形学弄在一块。"

于是，我从那只陶罐谈起，谈到它和全球地貌的相似，谈到南北极的反对称现象，谈到 X 天体，硅铝物质向南及向洋运动，火星与地球的共同表层，每块大陆蕴藏的古老的力，大洋洋底陷落与中脊的隆起，岛弧及大陆架予以的暗示……所不同的是，我将孟中天的构想全部当作我的理论。在叙述时，我发现这些构想已经深深浸润我内心了，我侃侃而谈，有条有理，还加以独到的发挥（比如，我们此刻所站立的古长江冲积平原，它深部的大陆架基础），不啻是一次美妙的享受。我还隐约感到，真正具有真理价值的思想，实际上很容易被人们掌握，绝没有我们所厌烦的姿态，它的核心仿佛就潜藏在我们身体深部，呼之即出。复述是一种再度消化，以至于我产生幻觉，这些构想原本就是我的，现在不过是借我的口说出深层的我罢了。

起先，小娓浑不为意，她以为我又在编撰一个趣谈，她准备为结尾的妙语哈哈大笑。可是她听着听着，便化作一只泥雕娃娃了，两眼睁得极大，使我想起晶莹的北冰洋，薄施唇膏的小口张得又圆又嫩。有好几次，她眼睫激烈地闪动，想叫出声，都被我随之而去的见解生生堵了回去，她不舍得，或者是不敢遗漏我只言片语。她差不多成了只绷得很紧的气球，一碰就炸。我最后一句话异常沉着："……这仅仅是个猜想罢了。"

小娓猛地扑进我怀里，热烈地吻我的口、腮、眼、额，紧身毛衣下的柔软躯体透出火热韵味，迷人的异性气息使我晕眩。

坦率地说，小娓从来没有这般彻底地被我征服过。我占有过她的肉体，但她没有交出过她的精神，在结婚问题上从不许诺，总是叹息，显然对我有不满意处。然而今天她如此痴狂！

我开始明白，为什么孟中天对异性有那么大的魅力。我妒恨而且悲伤，为什么上天把整个男性的优越都放到一个人身上。

小娓抱吻的不是我。我轻柔、坚定地推开她："旁边有人……"

小娓娇喘微微："有人怕什么？"

"这是军营。"

"军人更应该是男人！"

"现在你说说，这个猜想有价值吗？"

小娓再次激动了："啊，我差点死在你面前。你的目光非常奇特，又非常符合地表的奇特。我来不及想，只觉得目前地质研究中许多问题，用这种目光一看，就根本不是问题。它最了不起处是把大陆扩散与全球构造融会贯通，宏观的理解！翻动地壳！你一开始就站在陆地的源头，这就比目前所有学说走得更远，他们——不，我所学的一切都在大陆生成之后，细碎实用。地学界各家学说争执不已，为什么？因为各派学说能解释这种现象，就解释不了那种现象，可是在无数现象之上有一个大现象。如果你的猜想能站得住……天呵，我简直不敢往下想，你会砸掉几千个老头子的饭碗！他们之间相当多数吃了一辈子'板块'！哦，我真该来当你的研究生，我愿意全世界女人都嫁给你！你再往下说啊，说啊！我知道，思维到了这一步是根本停不住的，你肯定还有很多想法，何况你对地貌并不陌生，肯定有深入思考，你的理论的前景太广阔了，只要给资料给图谱，就可以解释任何地表的复杂力向组合。喂，你听到没有？你接着往下说。"

"难道就没有什么疑问吗？"

"你猛地抛出来个新大陆，叫我怎么反驳呢？……不光我，我想地学界也很难反驳，因为他们的总体构架也是个猜想。你只有拿出去，看谁能最大程度的被地表证实。要说疑问嘛，你刚才谈到我们脚下的冲积平原，还有它的成因和深层基础，……好像恰恰不符合你的理论。你的根据全球都是，犯不着挑这块冲积平原，不过这是个小毛病。你接着往下说。"

我蒙受着耻辱，镇定地道："除了这个小毛病是我的，其余理论都不是我的。"

韩小娓愕然注视着我，喃喃地："是吗？……原本不像你。太惊人了。那么，是谁的理论？"

"孟中天。"

"从来没听说这个人。"

"他不是地质学界的，甚至不是科学研究人员，你当然不会听说。"

"他是干什么的？"

"军人。官场上的败将，从政不成，等候处理。"

"带我去见见他。"

我和小娓走向老楼。估计孟中天正在楼下仓库，我敲敲那扇包着铁皮的门。小娓恐惧地抓紧我，细声道："这里真压抑……"

门开了。孟中天望着我们，不作声。

我介绍道："她是我的朋友，韩小娓。研究生，世界经济地理专业。想和你聊聊。"

"世界经济地理？……是一门边缘学科吧，跨越地理和经济的新学科。"

"听，人家比你懂得多。"小娓掠我一眼，故作潇洒，"不过我以前学过地质。"

"太好了!"孟中天两眼生光,请我们进屋。

小婖刚进去就定身惊叫:"啊……这么多。哪弄来的?"她看见满满一库房的许许多多塑像。

"当年遗留的。"孟中天回答,"现在没人要它了。"

"没人要?待会儿我走时要一个,行吗?"

"要多少都行。不过它不是装饰品。我希望人们对他有真正的理解。"

"我会努力理解。"

"那么,过会儿我帮你挑选一尊。我知道哪一尊塑像成功体现了伟人的独特精神。"孟中天思索片刻,"有一位地质学专家,名叫韩子午,子午线的子午……"

"你认识他吗?"小婖追问。

"不认识。我读过他的《平移断裂构造学》和《地壳应力场》,扉页上有他的照片……"

"那是他年轻时的照片。"

"韩老是你什么人?"

"你的观察确实出色……他是我父亲。"

"我可以见到他吗?"孟中天迫不及待。

"去世九年了。"

"遗憾!"

听吧,不是悲伤,不是惋惜,而是"遗憾"。我知道,孟中天为什么遗憾。

我打破沉默:"老孟,把你的理论跟小婖谈谈吧,如果她能通过，半个地学界就会知道你。她的能量大得很，而且她不会盲目附和。"

"我先要感谢你们二位，还要感谢韩子午先生。当然啦，我要谈的……我不知道从哪里谈起。谈论学术问题，是不是有一个大概程序？……比如先谈疑难问题，后谈观点？……或者你们问，我回答？"

我和小娓笑起来。看来孟中天虽然经受过许多政治风浪，但是在学术场合毫无经验。

"我叫小胡弄点水来……"孟中天窘迫了。

"噢不不，等会儿我来弄。"我拦住孟中天，不愿让那个烧焦了脸的人惊吓了小娓。

孟中天迅速恢复镇定，口齿清晰地对小娓说："我想，开头部分苏冰同志可能跟你谈过了，我相信他的复述能力。我不再重复。我们沿着那个构想接下去谈。首先谈地壳的波状运动与弧形构造，这是大陆物质开始冷却时最主要的特征。……"

"慢一点。"小娓指着屏风后面，"那张台子上都是文稿吗？"

"是的。主要观点和主要论据全在上面，不过它远远没有完成。"

"让我直接看文稿行吗？口头叙述损耗得太多。我一边看一边就能思考。"

"非常正确！千年文字会说话……"

孟中天欣喜中不慎失口，闪射出他在政治较斗中的格言。他立刻闭嘴，把我和小娓领到屏风后面，简单介绍了一下分类，然后，理解地退出了，将这座仓库和他的全部积累交给我们。轻轻地关上门。

"我也要离开吗?"

"你别走,不过你也别跟我说话!就是我嚷起来了,摔东西了,你也别理我。听见了吗?呀,地球是一座超级火山!多好的开篇……"小娓埋首读下去。

我坐到角落一张行军床上,静静欣赏她的身姿容貌,接着胡思乱想一阵后,昏昏睡去。

醒来时我感到惊慌,待看清四周和小娓,方才心定。我大概睡了三小时,颇觉难堪,我走近小娓,见她双臂压在文稿上哽咽不止。

"你怎么啦?"我大惑不解,难道学术文稿能催人泪下吗?

"我在想父亲,"小娓拭泪,"你知道我非常爱他。他也是地学界一面巨擘。他在晚年,曾经考虑过全球大陆可能有一个统一的来源,他确实这么想过,和孟中天的某些观点非常近似。但是父亲不敢立论,因为他在地球上找不到动力来源。孟中天找到了,就是 X 天体。其实又不是找到的,而是创造出的一个猜想。"

我难受极了。

"遗憾吧?又岂止遗憾呢。这篇文稿里,几乎所有的地貌现象、数据、图片、实验报告、观察记录,都是别人的。好多是直接引自父亲和刘伯伯的著作。他们当年为获取这些资料,真是披肝沥胆,跋山涉水,几乎送命。孟中天用到自己文稿里来了,重新解释了它们,因为父亲和刘伯伯解释不了,或者是解释得不对。科学真无情,让我们终生耕耘,让他去收获!……他用来反驳父亲的东西,恰恰是父亲自己发现的东西。他用来驳斥刘伯伯的根据,又恰恰是刘伯伯论文的根据。我不明白,他为什么如此绝情!比如说,你不同意我父亲,完全可以用另外人的成果来反驳他。可是他不,他非用你来证实你错，我真不明白这种心理状态。但这些都是另外领域里的精神现象，与地学无关，他这样做反可以强化文稿的论战风格，迅速征服读者。我矛盾极了，痛苦极了。一方面不得不赞叹他的卓越见解。一方面还得看父亲被瓦解，在流血……"

"他的理论到底能否成立？"我克制住愤怒。

"当然成立！至于地学界能否接受，我难以预料。也许明天，也许十年也许下个世纪，他才能被承认。因为他的设想有划时代的意义，不像发明魔方那样立刻风靡人类。科学史上有些创见，越是卓越也就越埋没得久。同样，要证实它荒谬，也需要几百年时间。用地质尺度衡量，几百年太短了。"

"那你为什么现在就说他成立？"

"因为我是凡人，而他是天才！我的全部知识不足以对他质疑，我父亲和刘伯伯加在一起，恐怕也不如他有力。唉，父亲当年要是把他的设想推进一步，或者半步，就必然越出地球到宇宙空间找原因，那就没有孟中天之类了，可惜父亲命中注定迈不出最后半步。明白了吧。这就是天才和人才的区别。他们在研究深度上差别非常小——半步，在创造精神上差别非常大。孟中天敢编出一个看不到的天体，父亲敢吗？谁又能够否定一个看不到的天体？于是问题重新回到地球上来，孟中天居然在地球上寻找 X 天体的存在。这实际上是逆推理。看起来不太复杂，但在科研领域中，就像漫天雨点往下掉，其中一个却向上飞那样罕见！这个雨点是失常的，它非有点疯狂精神不可。疯狂——与科学精神完全相悖。奇妙的是：科学的进步，又离不开与之相悖的东西的刺激。天才科学家，比其他科学家所多的，就是那一点与科学相悖的东西。"

我被小娓的谈吐迷惑住了："你从来没有像今天这样动人……"

小娓笑了："受刺激的结果呗。越是刺激我，我就越是有魅力——全校公认！我问你，你以为我会爱上他，是吧？说实话！"

"是的。"

"告诉你，我不会爱上他，也不会爱上类似他的人。爱天才，是女人的悲剧。而且他那样的人，肯定爱整个女性却不会始终爱一个女性。你看那文稿：取天下为己用，又弃天卜为己用，简直该千刀万剐！我先警告你：我们帮助他成名，千万休想沾得点好处。相反，要有点陪他倒霉的准备！"

"怎么，我们还帮助他？"

"帮！全心全意地帮助他。他的构想属于人类，上帝不过是借他做个容器罢了。再说我们不帮，自有人会涌上来帮。让那些心胸狭窄图谋私利的人去帮他，倒不如你我两个情男怨女去帮他。"

"你真是个小圣母！"

我抱起小娓倒在床上，开始我们的私生活。

九

韩小娓把文稿带给父亲的学生、省科学院地质研究所所长潘墨博士。潘博士连夜读完，大加赞赏，连呼"奇才奇才！"他翌日告诉小娓：文稿已超出一般博士论文水平，其构想的价值更难以估价。他准备调集力量，成立一个新的研究室，专门研究孟中天的构想，他将直接掌握并推动对"构想"的研究。可能的话，以特邀研究员名义将孟中天从军队中调出。小娓向他指出：要考虑到地学界权威们的态度。潘博士认为："不能等他们表态。只有尽快把'构想'推出来，引起轩然大波后，才能迫使人正视，事情反而好办些。在此之前，应做两件事：第一，协助孟中天完成论著，删除猜测色彩，保留猜想精神，丰富资料，完善论点，使文稿学术化。第二，对内部相对保密，对外界绝对保密。孟的理论暂名'孟氏构想'，内容不准外泄。我们从本届世界地质年会上得知：英国布伦斯基教授主持的地质研究所，已经将地壳研究和宇宙生成研究合并起来了，你知道这意味着什么。还有，协助孟中天工作的人不能伤害他的始发状态，最好仍使他保持习惯的心理环境，这样，他的创造力会自然喷涌。具备天才的人和发挥天才是两回事，天才有时非常娇嫩，稍一触摸，他内心的天才力就死去。哦，我快成保姆了。我半生已过，一事无成。这件事，也许是我毕生中最有意义的事，也许是最荒唐的事。不过，我嗅到了熟悉的气味，刺激我非干一场不可。"

沉寂多年的老楼，渐渐被人注意。

我下班回来，经常看见楼前老桉树下，停着小轿车，或者是越野车、摩托车。它们一律悬挂地方牌号。军区大院连外单位军车都要登记出入，这些频繁出现的地方车辆，引起机关干部不少猜疑。孟中天的"仓库"已经变成研究室了，各色图谱、标本、照片四处散置，地质所两个年轻的助理研究员每天来此一趟。我全部业余时间，都用在制图画表上了。小娓则在四处活动，力邀全国各地的地学界权威人士，前来参加下月召开的孟中天报告会。省科学院已和军区高层领导协商过了，军区最终态度是：对孟中天的研究工作，军区既不干涉也不支持，凡进出大院找孟中天的车辆人员，概不阻拦。对机关干部的种种猜疑，概不解释。

大院里的人们，都知道西南角的老楼里正在发生着什么，又都不知道发生的是什么。

于是，我就成了焦点。不管认识不认识的人，见了我总要含蓄地问及孟中天，顺便忆几句以往。我才发现：尽管孟中天蜗居八年，机关干部也已更新了近一半，大院里的人们仍然全知道他。

我遇见一件极不痛快的事。

处长把我叫进他的办公室，告诉我，我所制定的"炮群抗登陆演习预案"，被部里退回来了，责令重搞。处长批评我战术背景粗糙，敌情设置过于简单，对通讯联络也没作出限定，……全都是不应有的疏忽。处长问我究竟出了什么事？我回答：时间紧张。处长锋利地说：希望你摆脱孟中天。

"预案"不让我弄了，由处长接过去，他派我去了解一件棘手的事故。而这件事故的始末，部长早已从侧面掌握了。派我去，完全是多余的任务。……

我在外面奔波了一天，傍晚回到老楼。

孟中天肯定从我脸上看出迹象，但他什么也没有说。这天晚上，我们工作得很不顺手，"塑性流动"的图示几次返工，孟中天也发生思维障碍，在屋内踱来踱去。

过了一会儿，孟中天抱来一尊半尺多高的塑像，那是他曾经答应送给小娓的。他说："看看他的眼睛！"

我观察这尊塑像，发现他的目光是朝下看的。

"所有的塑像，不，所有的领袖塑像，包括马恩列斯，目光都是正视远方，呈水平略微偏上。唯独这一尊是注视下方，俯视着大地和人民。你有什么感受?"

"啊,这位伟人。"我强调了最后一个字。

"所以,别的全是偶像,这一尊是人像。"

孟中天把塑像放回木架,啪地关掉屋内大灯,然后坐到我面前,调暗台灯的光度,使我们处于暗淡柔和的氛围中,说:"今天不工作了,我们谈点别的。从我第一次接触你开始,我就想帮助你。谁料后来却是你帮助我了。"

"你能帮助我干什么?"

"帮助你在高级机关生存发展。我清楚你的素质,你是值得帮助的人。"

"做官。"我故意尖刻。

"如果合适于你,为什么不做?好啦,我们别在一些双方都理解的问题上纠缠了。我刚才说的生存发展,也不限于做官掌权,范围要广阔得多。"

"你怎么帮助我呢?"

"我认识很多人,从军区领导到各部参谋。好些人至今仍和我有联系……"

我打断他:"不必,我不想走这类门路!"

"我也不想帮你走门路。你听我说。我在团里当参谋时,就被团长当作'图库',我到军区工作后,又成了宋雨同志的'图库'。当然不是地图。我认识很多人,甚至从未见过的人我也认识,他们的历史、个性、质量、关系网络,等等。我还知道很多事,以及这些事和各种人的渊源。我还掌握很多问题,各级各部苦思不解的问题。简单地说,在我脑子里有很多很多资料,这些资料对任何人都极为宝贵！我曾经在别人那里取用过无数地质资料，你为什么不能取用我的资料呢？而且，我仅仅提供资料，帮助你看清周围的人，以及人背后的人。至于怎样理解资料和使用资料，完全是你的事。我不提供观点和结论。"

我不知所措，好奇与欲望在胸中涌动，我死死地盯住他。

"我犹豫了很久，因为这样做对你有危险。首先，你可能消化不了，会压垮你的神经，营养太多反而损害健康。第二，你可能错误运用，把人参当萝卜煮，结果煮出来的味道，连萝卜也不如。第三，既然是出自我口，不可免地要带进我的角度和理解，你必须要有力量和我保持距离——在精神上和立场上。第四条最容易做到，就是保密，永远别提到我。你衡量一下，如果你认为自己行，我就说。如果不行，咱们就各尽天命，继续工作。"

"你下结论吧。你认为我行不行？"我豪气大增。

孟中天略带讥意地微笑："没人说自己不行。你愿意冒险，我就供给你险境吧。"

孟中天先从我所在的炮兵部说起，将深孚众望的陈部长放到司令部十几个部、局长的群体中比较，分析他的优劣短长。又介绍陈部长是怎样升上来的，他和哪位军区首长最为默契，他的助手及下属处长们的当年情况。……帷幕扯开，大院内的重要角色一个个登场，孟中天如数家珍，详尽地叙述他们的个性、好恶、相互关系和大量秘闻逸事。我视野大开，忽然跃入一种新的境界，在这种境界里，我不为人知地俯视着他们，我看见他们手里抓着的每张牌，而我立于牌场之外，每个人的技巧与失误，统统在我眼内，他们再也不那么神秘了。

孟中天一反昔日冷峻含蓄，变得异常幽默，他描绘人事的本领堪称天下一品，甚至比他描绘地貌的本领还要卓越。我完全明白，只有深刻理解人心的人才可能如此描绘人事。孟中天蜗居八年，痛定思痛，神游于渊，身枯如土，竟然将人间与大地沟通起来。人间所埋藏的各种欲望、门派、关系，等等，和大地所埋藏各种力向、裂隙、脉络，等等，惊人地相互对应！就连许多地学词汇，他也直接用于人际。比如：山头、支撑点、核心部位、侵入、弯曲、裂痕、覆盖、陷落、悬挂、波状运动、持衡补偿、薄弱层和异常区，等等。

这是我和孟中天相处的第二个不眠之夜。上一次，他翻动地壳给予我巨大震撼和享受。

这一次，他又翻动大院让我欣赏，不着痕迹地更新我。许多人在被更新中感到痛楚，而我在被更新中感到快活。

孟中天似乎进入微醺状态，两眼湿润发亮，面容热情洋溢，不时起身做各种手势，显然也沉浸在某种疏阔已久的喜悦中了。

我们每次畅谈之后，都有一阵久久的沉默，谁也不望谁，内心更加激动，犹如岩浆在胸内奔涌，但不喷出地表，直到相互的微笑。

孟中天开始询问我的工作情况，过去他从不问。

我把今天那件极不痛快的事告诉他，顺便叙述了所发生的事故：

部属单位有一个年轻参谋，品学俱佳，业务优秀。可是家庭生活不幸，已有外遇，妻子浑然不知。三天前，参谋外出执行任务，归途中绕到情人宿舍去了。就在火车站附近，住了一夜。凌晨匆忙往回赶，为了争取时间，他想扒乘运行中的列车，结果被卷进车轮碾死。……

孟中天惋惜一声，问："他妻子知道他死前的那一夜怎么过的吗？"

"一点不知道。"

"你们部长却知道，对吗？"

"我想他已经知道了。"

"你准备怎么写调查报告？"

"如实汇报。"

孟中天欲言又止，轻微地摇头。

"如果是你，你准备怎样写报告？"

"删去他幽会的内容，就说他是在执行任务中，为争取时间扒乘列车牺牲的。只有这样，这位同志才能得到另外的待遇，死者的妻子才会少些痛苦。还有那位情人，才不会暴露在光天化日之下，被人责骂，她可能是真心相爱。死者已经死去，一切要为活着的人着想。死者又是你们部属人员，你们有责任，但你们不难堪了。"

"部长可能掌握真实情况！"

"他告诉过你吗？"

"一点不露。"

"那他就是不知道。报告是你写，你是唯一有权解释这件事的人。"

"万一部长把报告打回来……"

"你应该理解部长内心，你给他提供了另一种选择角度，剩下的事该由他决定。最重要的是：你还要准备为这件事承担责任，因为去调查的是你，不是部长。我过去做过的许多事，你以为全是上头有明确指示我才做的吗？不……复杂的意向往往不明确，甚至完全不予指示，全看你理解。一旦公开，仍然全由你承担责任。你不能有丝毫推诿。”

“我明白了。”

第二天，我把报告写好交给部长，部长迅速阅完，即叫秘书上报。对我没有任何表示。

我回来把情况告知孟中天。他淡淡说：“到底是部长啊……你不能要求他马上报答你，他已经认识你了。”

以后，每当我们工作累了，孟中天就停下来，叙说他脑库里的“资料”，换换心，用这类话题代替休息。我也经常把机关的最新见闻告诉他，他极有兴味地听着，并不多作评论。我们乐此不疲，以至于往往忘了工作。孟中天多次表示：此生将以大地为终结，永不涉足官场。我越发敬重他了。

十

地质研究所主办的“大陆生成学术讨论会”，在一间大型阶梯教学厅里举行。韩小娓奔波邀请的人士中，只有半数到会，许多人是拿到孟中天论文后托词不来的。到会的最重要的人物，就是小娓称作“刘伯伯”的刘以海教授，他抱病从医院赶来赴会，坐在临时置放的一排沙发中间。在他两旁分别坐着省地质局和科学院的老专家及著名研究员，就阵容来看，已经令人肃然起敬了。何况，会议开始后，又陆续赶来些在地学研究中颇为活跃的学者，他们是听说刘老到会才奔来的，估计是想借此机会求教于刘老，而并非重视孟中天的报告。到会最多的是中青年地质工作者，和大学地质系研究生们。他们交头接耳，窃窃私语，"孟氏构想"早引起他们极大兴趣。

孟中天着一身军装走向讲台，激起微弱的喧哗，许多人没料到他是位军人。地质所一位年轻人操作着投影仪。

孟中天开始宣读论文，大厅内顿时静寂。屏幕上陆续出现我制作的图片。孟中天的音色很适合于演说，他完全不看文稿，避免了公式感。他语言中有很强的造型力量，每次语意递进都刺激人们的想象。他的推理从来不"推"到尽头，约莫"推"到九分处便止步，把最后一分交给听众完成。在这种显赫场面下，新人常有的拘谨和不必要的恭敬，他一点也没有。他侃侃而谈，自信到了"舍我其谁"的地步。人们肯定不会注意他的内心状态，全被他的叙述吸引住了，并且非得聚精会神，才不至于被他的思维给抛下。但我注意到了，我熟悉他此刻神游何方，别看他面对千人谈吐挥洒，其实在他精神上绝无他们，只有他自己。面前的赫赫人物，他视而不见。我体会到一种微妙意境：孟中天越是目中无人，便越能诱惑人。

演说恰好一小时，在预定时间内结束。我们充分估计到了与会者的精神亢奋时限，若是再延长，他们可能会疲倦。孟中天聪敏地采取了"支撑点"式的论文结构，充分表达了"构想"的若干关键部位，也即最具创造性的部位，其余俱隐在不言中，让听众去追踪、遐想。

掌声四起。最热烈的掌声来自后面，前排的掌声是礼貌性的。刘以海教授只把压在拐杖上的手无声地摩挲了几下。

提问与答辩开始，大厅内又恢复寂静。这是我们不安的时刻，小娓靠拢我，神情紧张。人们都沉默着，原因很明显：后排人不愿僭越率先发问，而前面的权威人物们又统统稳坐不动，从他们的脸上几乎看不出丝毫态度。

孟中天呷了半口茶，面带微笑，手掌轻轻抚弄文稿，以巨大耐力忍受着沉默。

潘墨所长从听众席左侧起身，朝大家略微一躬腰，说："我想做些补充，"转身又朝孟中天再躬腰，"我想做些补充。"孟中天和全体听众都为他的郑重态度惊奇。潘墨走上讲台，对操作投影仪的人员示意，"请重现'K省弧形构造和镶嵌地块'图。"

屏幕闪现K省图案，图案上覆盖许多弧线。弧线与弧线交叉，将K省分割成许多碎片。

"请注意，按照孟中天的理论：K省正处在东亚向南弧形构造系前锋地带，又处在琉球向洋弧形构造西翼，两组弧形构造系在K省重叠、交会，造成了K省的复杂地貌。因此，它理所当然地成了体现孟中天理论的典型地块，我所正好掌握一些K省的地质资料，请大家观看，先出示K省已勘明矿藏图。"

投影仪打出另一幅K省图案，上面没有任何弧线，只有十余处矿藏标志符号：铁矿、铝矿、钨矿、银矿……

潘墨大声道："请将两图重叠！"

K省矿藏图慢慢朝K省"弧形构造与镶嵌地块"图靠拢，颤动一下，两图完全复合。

大厅里爆发出一失声惊叫。所有的矿藏符号，全部落在弧形线的密集交叉处。没有一个矿藏跑到交叉处以外的空白区去。

潘墨拿起示杆，指点着图上没有矿藏符号但弧线仍密集交叉的地方，说："这几处地区，会不会也有矿藏呢？我们询问了K省地质局，他们答复，就已勘察过的三处资料看，有矿产，但品位低，储量小，无开采价值。关键是：有！而不是没有。现在，再请出示 K 省地震资料图。"

屏幕上出现新的 K 省图案，上面散布着密密的地震震中区符号。

"这是 K 省有籍可查的、八百年来地震情况。有两个特点：一、它们全部是中、浅层地震；二、它们全处在 K 省的东南一带。现在，请将两图重叠。"

地震图又滑向"弧形构造与镶嵌地块"图。人群中发出有控制的惊叫。所有震中符号，全部落在南向弯曲的弧形线上，形成一道宽阔的地震带。往其他方向弯曲的弧线地区，八百年来竟无一次地震发生。

"由于这种吻合太奇异了，为了不使孟中天过于激动，我们事先没有告知他。但是，我们却一直激动着，如何解释这种奇异的吻合呢？假如这是一种普遍现象的话，就意味着证实了两点：第一，大地确有过向南及向洋运动的历史；第二，新理论在地质研究与勘探中有巨大的使用价值。我补充完了。"潘墨再次鞠躬，走回座位。

大厅猛烈骚动了，许多人竟跑到屏幕前来，反复观看图片。四个人同时站出要求发言，而我激动得听不清他们讲了什么……

讨论会结束时，气氛一边倒。几乎所有的发言人都赞同孟中天的理论，只有几人表示了微弱的置疑，我们准备的全部文稿被争抢一空，潘墨所长在听众的一致要求下，当场确定了下一次报告会的日期。

以刘以海教授为中心的前排人物，在戏剧性变化开始时，明显被触动了，但是仍无一人起身发言，并且将沉默保持到最后。

就冲着这种顽强，我也佩服他们。

十一

"孟氏构想"的震动迅速扩大，四所大学地质系，九个省地质研究所来函来人邀请孟中天前去讲学。孟中天当然全部拒绝了，新理论急需完整化与深化。

但是地学界的著名人物迟迟不表态。最重要的刊物《地学研究》没有刊出孟中天的论文。刘以海教授仍住在医院，病榻上搁着孟中天的讲稿，固执地对来人说："哦……我会作出判断的，我暂时死不了。你们不要逼我。"

出于许多原因，刘老不表态，潘墨所长的计划就难以顺利进行，孟中天就只能在老楼栖身，不能调进地质研究所从事终生的研究。

孟中天一次次安慰我："等待吧。我以前怎么生活，以后还怎么生活。该来的总是会来。"

一天中午，小娓来到老楼，左臂戴着黑纱，面容疲乏，告诉我和孟中天：刘老凌晨四时去世了，遗体告别仪式下午举行，她要去参加，不能久待。刘老临死前有遗嘱，建议潘墨将孟中天调进地质研究所……

"他支持孟氏构想啦！"我说。

"没有。他至死没作判断。或者说，死亡使他避免了一次重大选择。"小娓几欲落泪，匆匆离去。

我和孟中天呆立着。

过了许久，孟中天喃喃地道："他比我强大……"

我不明白他的意思。我说："咱们应该去参加仪式。"

"没有通知我们。"

"知道了就应该去。"

"是应该，但我不去。我的哀痛不会比任何一个去的人少！"

孟中天走开，我独自赶往医院。

下午四时，我参加告别仪式归来，看见老楼前面停着一辆"奔驰"二八〇型轿车。我感到惊奇，从来没有这样级别的轿车在老楼前出现过。我走近些，更加惊奇了，车在缓缓驰离，车内坐着位老军人。

我直奔那间仓库，孟中天站在大幅世界地形图前沉思。

我问："来的是宋雨吧？"

"不错。"

我不作声，心脏狂跳。我等他主动坦露。

孟中天从地图上收回目光，说："这是他第二次亲自前来。……他接到中央军委指示，将赴××军区任司令员，限十五天到职。他只能带一人走，就是秘书。"

"他要你跟他去，去当他的秘书，是不是？"

"以秘书名义去，不一定当秘书。我已经不适于给首长当秘书了。"

"都一样！你答应了吗？"

孟中天点点头。

我几乎气疯："你见了他就跟见了上帝一样。……"

"不对！他没有命令我去，只是征求我的意见。我愿意跟他去。对不起，我只能告诉你这么多了。军委命令下达前，请你暂勿外传。"

"孟氏构想呢？"

"留在地壳上，谁也夺不去。但我，不再介入了。"

"哈哈哈……"我恶毒地笑了，"你极端自私，你向往权力，你取天下为己用，又弃天下为己用。"

"谁说的？"

"韩小娓。"

"精彩！女人的直感比男人好。唉，怎么跟你说呢？坦率地讲，我一直等待这一天，我一直渴望回到那种生活与斗争中去，这渴望从来没有死灭。否则，我根本就不会有什么'孟氏构想'。我把压抑的热情转移到地壳上来，原本就是绝望中的迸发！没想到会获得今天这样成功。我当然知道，把今天继续下去，我会获得什么。不过，我宁肯回到那种生活中再度失败，也不在这里寻找成功。至于你说的自私呀权力呀，并不对。那是我命定的生活境界，比权欲之类壮阔得多。我会把地壳上的全部发现，带进未来生活，再迸发一回！哦，只是不在这间房里了，那里也没有这样的库房。……"孟中天惋惜了。

"你欺骗我们，什么'以大地为终生，永不涉足官场'……"

孟中天惊愕地看我，点点头："我说过吗？要是说过，那肯定是真诚的。"孟中天真诚地说。

我跑出楼，要挂电话告诉小娓。

远处有辆吉普驰近，潘墨和小娓从车内下来，左臂上的黑纱尚未摘除。潘墨非常激动："我刚接到军区党办电话，说他要走。怎么怎么？他不好跟领导讲，我去讲嘛。简直荒唐！孟的理论，价值简直没法估计，怎么怎么？……"

我说："他一直在期待今天。"

"他抛弃构想？"潘墨惊呼。

小娓冷冷地："敢于抛弃，才是天才！"

“他言而无信？”

小娓又冷冷地：“大人者，言不必信，行不必果。”

潘墨一霎时苍老下去。随着苍老竟也冷静下来：“我们不能抛弃构想，它属于科学……”

小娓再冷冷地：“构想碰巧放在孟氏容器里。”

“奔驰”二八〇几乎无声地驰来，停在老楼破旧台阶前，鸣笛催促。

孟中天着一身旧军装从楼里出来，身后跟着戴口罩的小胡。小胡迅速钻进车中。孟中天来到我们面前，言语平静如常：“刘老长眠在我心里，还有韩老。”

小娓道：“这句话我深信不疑。”

孟中天掏出一串钥匙递到我面前：“老楼全部属于你了！宋雨同意我带小胡走，他和我一起生活。”

我接过钥匙，无言。

孟中天走到车旁，打开车门，久久注视我们。忽然脱下军帽，深深一鞠躬。戴上军帽，有力地行个军礼。礼毕，他低声说：“我想，我们都会成功。全部大陆都这么说过。”

蛇年正月十七毕于部值班室

（文中图片资料①均由福建省科学院陈年提供，

谨此致谢。——作者）

选自《金色叶片》

长江文艺出版社 1994 年版

---

① 文中一至四图表从略。——编者

作家的话 ◈

　　我的创作特征与我的生活境遇有关，我在军营中长大，耳濡目染着军人的生活状态与理想蓝图。经典意义上的军人都有一种领略战争的职业追求，但是"和平"使这一想象没有结果。他们永远好像只是在一个大沙盘上充满激情地模拟，这个过程往往会造成人性本身的变质。这不只是军人的遭遇，也是人类生存普遍要面对的。为了一个高尚的理想，这些人必须如此。"奉献"——军人们是如何充满激情、带有悲怆意味地去面对这个理想的，我了解这部分人的生存境遇与文化心理特征，于是我想告诉大家。

　　为什么总是写和平年代，因为我没有参与过真正的战争。西方所有军事文学大国的作家们，几乎无一例外地都曾有过战争的创痛，他可能本身就经受过枪林弹雨的洗礼，也可能少时曾站在一片被战火焚烧过的家园上。我没有这种经历，所以我的作品表现的都是战争爆发前瞬间的美学状态，这是我的毛病，也是我命中注定的特点。生存的缺憾使我不得不依赖成长中的精神营养哺育自己。军事文学题材不是和平年代的人们最关注的。它最大的魅力应展现在战场上，战争文学才是军事文学的正宗。我们现在的作家对战争的表达是间接的，这是一种才华，却不是生命感受。战争中，你随时面临着生与死，这种跌宕多姿的性命攸关是真实的。在现代环境中，你只能拥有一种战争的诗意。

《间接地表达战争》

评论家的话 ◈

　　朱苏进在这个孤独里创造了英雄，绝望中诞生了希望的故事中，倾泻了空前的激情，以至于这股激情的洪流开始挣脱理性的羁绊，第一次将朱苏进素来以扎实的现实主义生活描摹为基石的结构精致、匀称、严谨的小说框架冲击得摇摇欲坠！总体构架倾斜却空前大气，语言热力磅礴却不免芜杂，生活实感的部分牺牲却换来了想象的巅峰状态，一句话，写实的传神让位于冥想的辉煌。

　　　　　　　　　　　朱向前：《朱苏进：孤独的冥想者》

　　朱苏进有精细的、柔和的、多情的甚至是非常入俗的一面，不过，真正体现他小说资质和价值理念的，最能施展他才思和艺术功力的，主要还不是这类作品，而是另一路作品，那路作品所处理的人物几乎具有共同的处境，那就是被推置到一种类似极地或绝境的状态。在这路小说中，朱苏进喜欢让他的人物在险境边缘徘徊，要是没有险境的话，无论如何也要弄点紧张来代替，它们表明了朱苏进一种相当偏执的价值理念，这种价值理念显然很不满意甚至根本不信任处在日常生存状态下的人性质量，而对背倚绝境或置身非常态之时的人性的发挥，则寄予厚望。小说《绝望中诞生》的篇名，最简捷地道出了这种价值理念的内涵。朱苏进不仅自己深信不疑，而且还要别人与他一起分享这种深信，深信旷世稀有的智慧，在人遭逢绝望时迸放，深信人性的美质只向异常状态单独提供，深信人有作为时，也就是充满危险的时候。他对展示怀有异秉的人身上那些在正常状态下的人们所不具备的，因而显得格外独特、格外咄咄逼人的生命价值，持有一种特殊的兴趣和激情，笔触一落到他们身上，想象力就会变得恣肆汪洋，难以自制。

李振声：《朱苏进：欲望的升华与世俗的

羁绊之间能否超越？》

西　西

◈ 致西绪福斯

西西，原名张彦，原籍广东中山，1938 年生于上海。1949 年迁居香港。香港葛量洪师范学院毕业，任小学教员，业余从事写作，并兼任《中国学生周报》《大拇指》及《素叶》文学杂志编辑。出版有短篇小说集《春望》和《胡子有脸》、长篇小说《我城》和《哨鹿》，以及散文集《交诃》、诗集《石磬》等。2022 年去世。

它/他们一起上山。已经多少日子了？它/他们都无法记忆。每天都是这样子，每天重复无数次：他把它推上山顶，然后，它就从山顶上轰隆轰隆地滚下来。你随着我奔跑下山，仍再次把我推上山去。

　　它是这么疲倦，它渴望憩息。我想躺在草地上，仰望飞翔的浮云；我想看星星、看月亮、看银河。它喜欢蝴蝶在它身边扑翼，青草在它脚下编织地毯。它本来有一颗沉静的心，它的脉搏原是大地的脉搏。

　　是他把它改变了。他从众石中选择了它，把它滚转。你惊扰了我的安眠，使我失去栖息的居所；他把它推动，使它没有一刻的安宁，他是不熟悉它的，并不知道石头是怎样的物质。你不知道哪里是我的头，哪里是我的脚。

　　他把它胡乱旋转，使它的头有时朝天，有时向地，有时面对不能辨别的方向；你使我的视线模糊了，我的头昏、脑涨、血液逆流，一颗心不知道该停留在什么位置。他不停地伤害它，而它是无辜的。

　　一切都是他的错，因为他的过失。是你欺骗了神，所以被罚，但这与我何干呢？它没有做错任何事。我原是一块好端端生活在大地上的快乐石头。我和我的兄弟在这宇宙中和平共存，与天地共荒老。

　　他被罚了，过失是由于聪明。人类最大的错误莫过于竟然要和神祇比赛聪明，这是神不允许的。它知道他的故事。我们石头知道开天辟地以来宇宙间所有的故事，你欺骗了冥神。

只有他一个人受罚，他的妻子却逍遥法外。是她帮助他的。她按照他的吩咐，没有把他下葬，于是他可以到冥神那里去诉说，回到地面上来处理他的尘世躯体。冥神给你骗了，你上了地面就不肯离开。

你的妻子墨洛柏没有受到惩罚，我想，这是由于她并不聪明，那些愚蠢又不会出鬼主意的人，神无须理会。但他聪明，而且狡猾，那就不可以忽视。你不过是一个凡人，又怎能和神较量呢？

你们这些人，都自不量力。你的孙儿柏勒洛丰也是如此。他本来具备所有男子的美德，后来却变得傲慢而矜骄。他像你，身体内有你的血液。他不过有一匹飞马，能够在空中飞行，就以为自己是神了。他骑着飞马上奥林匹斯圣山去，想参加诸神的集会。一个普普通通的凡人，想得太远了。

即使是天马，也反抗你孙儿的野心。要知道，天马原是神的马匹，它就在空中直立而行，把柏勒洛丰颠覆坠地。但你的孙儿还是幸运的，没给摔死。却从此远离亲族，孤独地到处飘零，忧虑地度过晚年。

和神较量，或者，自以为可以和神平起平坐，又有什么好处。你最后还不是受到了惩罚，在这里推大石上山，永无止休，而且落得狡猾的恶名。它并不理会他和神祇之间的恩怨，不管你们谁对谁错，你们为什么选择了我呢？

它是无辜的，它是一块没有犯下过错的石头。如果说，它也有过失，那只能由于它是如此巨大的一块石头。你，必须推大石上山，它，是这块巨石，这是它的不幸。聪明，以及巨大，都是不幸的。

为什么一定要推大石上山呢？为什么不惩罚他自个儿奔跑上山，自个儿从山上滚下来，爬起来再跑上山顶去？这比较合理些。因为要惩罚的，是他，不是我。如今，它却和他一起受罚了，我承受了和你一样的痛苦。

那个坦达罗斯也受酷刑，他站在水里，水涨到他的下巴，但他喝不到水；他的头上垂着枝叶繁茂大树垂下的鲜甜果子，既有石榴又有苹果，他也吃不到。当他喝水，水就下降；当他吃果子，果子就上升。受苦的只是坦达罗斯一人，果子和水都不必受苦。

比较起来，你的过错远比坦达罗斯轻微。你不过不愿意死亡，这正是所有的人的愿望。而坦达罗斯，却把自己的儿子剁成碎块，邀请诸神来飨宴，要试探神祇的智慧。

神怎么会不知道呢？不知道的只有心神恍惚的神吧。这神的女儿给冥神劫走了，她正伤心。不要问我，西绪福斯，光天化日之下强抢民女这种行为，又该由谁来执法审判。

失去女儿的母亲，是谷物女神，为了寻找孩子，离开了大地。于是，田地荒芜了，到处发生饥馑。神与神的纠纷，受苦的却是人类。我是石头，我一直庆幸我是石头，不用挨饥饿的苦。可现在呢，你选中了我。

他以为它是没有感觉的吧。他以为它只是一块由一种或多种矿物质组成的有规律的集合体，叫作石头吧。他一定以为，它只会不声不响，什么也不知道，是没有思想感情的物质吧。

你不知道我。但我知道你。知道你的名字叫西绪福斯，知道他是科任托斯的王，那是一座美丽的城邦，位于两海和两个国家之间。他是埃俄罗斯的儿子。埃俄罗斯是风神。

你的父亲是风神，他另有六个儿子和六个女儿，代表十二个风。你的父亲住在一个岛上，他把十二个孩子分别装在牛皮口袋里。那次，他在岛上接待了自己的子孙，就是从杜洛伊城回家的奥德修斯。祖父把十二袋礼物送给孙儿，可是奥德修斯好奇，把礼物的袋口打开了，风都跑了出来，把船吹向相反的方向。

是的，奥德修斯就是你的儿子，当然，也有的人说不是。这些事，只有你自己最清楚。英雄的人物，总得派给他著名的父亲。我不知道你们谁比谁更著名，你们的名字，经常出现在熨金的典籍上。

从杜洛伊城之役后回家，奥德修斯也到过这里来，他看见他的，真奇怪，你难道不是他的父亲吗？他只是默默地看着你，看你推大石上山，一句话也没有说。也许是这样，人们认为，他是拉厄耳忒斯的儿子。

不然的话，那个寂寂地等待儿子远征归来的老人又是谁？雅典娜曾经神奇地使他返老还童，那可是白纸黑字记录下来的事。

但我觉得，奥德修斯更像你，他与你一般力大无穷，能够制伏独眼的巨人；他又和你一般足智多谋，能够谋策建造破城的木马，会乔装乞丐，与妻子团聚。他的才智、胆识难道会比你逊色么。

说得太远了，那已经是许多年后的事情，也是距此千万年前的事情。我们在这里上山下山、下山上山，时间对我们来说渐渐没有意义，人世间发生了那么多的事，看来也仿佛是些游戏。

上山的路这么漫长，山坡这么倾斜，它可以听到他的喘息。它/他们这么接近，再也没有什么比它/他们更长年累月、分秒日夜，如此这般地肌肤相亲。它不但听到他呼吸的声音，听到他心跳的律动，还可以感觉到他的汗湿。

你的肩臂手掌，你的头额面颊，都是汗，浸染在我的皮肤上，使我不断削落的皮肤更加刺痛。他是不知道的，石头也会痛苦。你听见过海枯石烂这句话么？石头的确会腐朽：起先是由巨大的山石块分裂为细小的碎石，然后变成微粒的沙子，再化为灰尘，归于泥土。

我正经历这样的过程，仿佛天上的星球，起初那么年轻，渐渐老去。星当然也会死亡，但它们是不生不灭的。它们不过变了一个样子，你一定会说。是的，我忘记了，你本来就是聪明智慧的人。

星是不生不灭的。不变的是物质，变的是形貌。原来的星不再存在，出现的将会是另一颗星。如果给它一个名字，它就是另外一个球体。我也是这样，回到泥土之中，我就没有了，有的只是这宇宙间不生不灭的物质。

壮年的恒星，名叫主序星，壮年的石头，叫什么呢？星球伟大，石头渺小，所以我们没有名字。有名字的是岩层。当他选择了它，那时候它还年轻，距离壮年期还有好一段时间，是他加速了它的衰老。

需要亿万亿万年的时间，才能令一块巨大的岩石衰老。可如今，它已经过了红巨星的年龄了。那些和它年纪相若的兄弟，仍然存活在它们主序星的阶段。是他把它推进加速的时光隧道。

如果它仍然静静躺在山脚下面，只有风和雨才能把它缓慢地分解，而这需要许多许多年代。但它从山顶上不停滚动，每一次磨蚀表层的皮肤。可敬的西绪福斯，我并不是一个雪球。

只有雪球才愈滚愈巨大，我等石头却愈滚愈细小。是的，它是一块巨大的岩石，所以你选择了它。但你难道没有发现，它的体积已经明显地缩小了，而你的负荷也比最初的时候轻？

或者没有，那不过是因为和我一样，他也不再年轻。也许，他的年龄是恒固的，对于他，时间已经凝定。但我向前行，不断向前滚动，一直朝星子们的白矮期和中子期滚去。

它所以举星球为例，因为它觉得它变得和星子们非常相似，都有一个巨大的圆形躯体，同样在那里不停地转动，自转又公转。本来，它和星球有极大的分别，因为它并不内燃，不会发热也不会发光。但这些情况已经改变。

由于不停地旋转，它开始发热了，我觉得我在熊熊地燃烧，而它的身体，在旋转的刹那，也闪出了光芒，发光的是它表层上黏附着的云母和磷灰。你使我变成地面上的恒星。

发热与发光，还不是它与星球渐渐相类的特点！它甚至预知自己的未来，这未来，跟它年轻时预料的并不相同。它对你说过了，作为一块岩石，我们将变成碎石、沙砾、灰尘，复归大地，一切都要静悄悄的，无声无息。

这石头将会例外，它将呼叫、嘶喊，发出巨大无比的声音。他如此把它转动，使它体内产生极高的温度，于是它就会像星球那样发生大爆炸，把自己炸得粉碎，肥皂泡那样破了，消失了。这就是它与石头的消亡完全不同的结局。

推吧，把它推上山去吧。这么多年，它对他已经非常熟悉。他的眼睛、耳朵、鼻子、嘴巴，没有一件它不认识，甚至他的体温、他的呻吟，都不陌生。我听见你体内血液流动的声音，听到细胞分裂的丝丝鸣叫。我感觉到新陈代谢的生命律动在你身上运行。我们是这么不同的物体，却又这么稔熟。

他也认识它吗？它是天地宇宙的孩子，它是无比珍贵的石英、云母。它是磷灰，它是刚玉，它是硅和铅。人们只称它为田野的岩石，其实石头的类别繁多。

选择它的时候，他可知道，它是一块高硬度的大石吗？如果只是一块雪花石，他还没有把它推到半山，它已经碎成细粉了。那些埃及人挺喜欢用雪花石做瓶子钵子，柔软的石面最容易雕刻花纹。

铺砌金字塔的石头坚硬多了，所以几千年的金字塔还没有完全倒塌，还有中国的长城。长城的奇迹不是它的长度，而是这并不丰产石头的国家竟能聚结了那么多石头。这个国家因此也没有闻名的石建筑文明，并非缺乏智慧，而是局限于地质。

金刚石的硬度最高，是十级，它是这样的一种石头，能够抵御不断的摩擦。山坡上这些深陷的坑道，是它开筑的。有了这些坑道，它仿佛登上了滑梯，滚动得更快，推石上山的次数也相对增多起来。

它是圆的，并不像足球那么圆，它的圆，像地球，圆得有点歪歪斜斜。我喜欢它原来的样子，表面上凹凹凸凸，四周冒出一些棱角，如同烘制得不漂亮的蛋糕。但这都是以前的事。

如今它已变形。我变得如此丑陋。它愈来愈圆，也愈来愈像河边光滑的卵石。我原来粗犷、原始的风格都给你磨掉了。死是一刹那的事，折磨却是漫长的。

如果知道要永远这样子推大石上山，当初还是跟冥神到地府去的好，你曾经这样想过吗？你有没有后悔的意思？这是它不知道的。因为他一直无法对它说话，只能坚持一己的缄默。

山坡上的草都消失了。这原是一座翠绿的山峰。它/他们把草压死了。它/他们破坏了大山美丽的地衣。这山变成为黑山。它/他们自己也变得丑陋不堪，不但丑陋，而且喧闹。丑陋，人们可以闭上眼睛不看；喧闹，人们却不能闭上耳朵。

轰隆轰隆，它就这样，滚下山去，发出巨大的响声。这声音，连我也感到震惊，声音似乎比它的身体要大许多倍，真的是山鸣谷应，不停地响着响着，我想，银河里游泳的天马也听见了。

人们其实并不知道奥菲尔斯回过头去的真正原因。我知道。是我在山上滚动的声音打扰了他，他对声音一直特别敏感。我那么吵闹，天崩地裂似的，他一定以为地府要倒塌了，大地将倾压在他妻子的身上。于是他不得不回过头去。

奥菲尔斯。我多么喜欢听他弹奏竖琴，我等石头都爱他。当他弹琴，我们都轻轻地点头，摇摆我们的身子，只有他的琴音能够感动我们，可是这么优美的琴音，我们再也听不到。

那时候，我们都为他哭泣，因为他的妻子不再回来。如果不是我的声音惊扰了他，奥菲尔斯必定能够绝不回顾走完他的炼狱旅程，与妻子一同回返地面。如果不是我的滚动……

我能不再滚动吗？不再发出震耳欲聋的噪音？智慧的西绪福斯，让我们改变这荒谬的处境吧，到了山脚下面，不要再回到山上去。

它已经想过了，这应该是他最后一次把它推上山，到了山顶，他就尽他的能力飞跑下山；奔跑，或者滚动，用你的方法，只要比我更早到达山下。他能够跑得很快，像箭一般飞行，他会在山脚下等它。

到了山脚下面，他就躺在地上，仰卧坡面，伸展一个他最喜欢的睡姿。面向天空是最好的，因为这样子你就可以看见满天星斗，而且，两只耳朵都可以听见天籁。

当他躺定在地上，它一定从山上滚下来了，它会像以往一样轰隆轰隆地滚下来。它就朝你仰卧的地面碾过，如同一架碾路机，把你压成一片平滑的薄质体，使你变得像一页砂纸，一片树叶，那么薄。

你不必担心，我会把你碾得非常漂亮，平坦而且美丽。你当然见过动画里面那些长耳兔和别的什么动物，被碾平的样子，那不过是一次变形记。你绝不会受到任何伤害，镜头一摇，你依然是活的，而且绝不流血。

它还想过，当它从山上滚下来，总要剥落无数细碎的皮层，这一次，它会努力，把身体上的云母抖落，撒在他的身上，云母会变成透明光亮的玻璃，把他镶嵌，使他成为永恒的雕塑。可记得来自氪星上会飞的人么？天空中就翱翔着生命的薄片。

于是，它/他们都安逸地躺在山脚下面了，不再劳苦，度过它/他们美好悠闲的新生。再也不用把它推上山去，再也不用汗流浃背了。到了这个时候，它/他们有足够的时间聊天，因为他一直无法对它说话。

推它上山的时候，他的呼吸急促，无法发言；下山的时候，它轰隆轰隆地滚动，那么吵闹，即使他对它说话，它也听不见。如今可好了，它/他们静卧在山脚底下，四周只有云朵飘浮的声音。彼此可以讲说不尽的故事了。

就谈谈诸神的喜乐忧伤和英雄们的伟迹吧。这些事已足够大家说一辈子。或者，如果他喜欢知道，它就告诉他宇宙洪荒的缘起，那可是亿万亿万光年的历史，关于星云的形成，关于黑洞的出没。

当然，它/他们也可以不发一言，就肩并肩地在山脚下睡眠。你可以闭上两只眼睛，我在一边守护你。我是石头，我有无数的眼睛，比百眼巨人阿耳戈斯还要多，而且永远不会全部闭上。

是的，永无止休地推一块大石上山是一件荒谬的事情，永无止休地躺在山坡上什么事也不做，就是另一形式的荒谬了。尊贵的西绪福斯，我们何不做些娱己娱人的事呢？

让我们唱歌吧。或者，把别人留下来那些行将湮没的美好音乐传播远方。众神逐渐遥远，牧神的足音缥缈，我们几乎听不见芦笛的吹奏了。世界上再也没有奥菲尔斯，色雷斯不朽的诗人与歌手。

可它记得奥菲尔斯的歌，它记得所有他的乐曲。风神的儿子，你就朝石头轻轻地吹吧！它满身洞孔，它们石头都是天生的乐埙。奏起奥菲尔斯的歌来吧，把冥神催眠，把战神引领至迷宫最隐蔽的中心，把青草从泥层中唤醒，给黑山重新披上斑斓的彩衣。

因此，风神的儿子，请你轻轻吹，让石头唱歌，让歌声穿逾重重的黑森林，飘过峻峭的山峦，让冰雪融化，汇成汩汩的溪流。你们就一起唱歌吧，把歌声传送到宇宙间最遥远最偏僻的角落，亿万亿万年以后的天地。

选自《小说潮——〈联合报〉
第十届小说奖作品集》（痖弦编）
联合报社 1989 年 3 月版

作家的话 ◈

我在学校里读书的时候，常常在校园里玩"跳飞机"，我在学校里教书的时候，也常常和我的学生们一起在校园玩"跳飞机"，于是我就叫作西西了。西是什么意思呢？有的人说是方向，有的人说是太阳沉落的地方，有的人说是地球的那一边。我说：不过是一幅图画罢了。不过是一个象形的文字。"西"就是一个穿着裙子的女孩子两只脚站在地上的一个四方格子里。如果把两个西字放在一起，就变成电影菲林的两格，成为简单的动画，一个穿裙子的女孩子在地面上玩跳飞机的游戏，从第一个格子跳到第二个格子，跳跳，跳跳，跳格子。

把字写在稿纸上，其实也是一种跳飞机的游戏，从这个格子开始跳下去，一个又一个格子，跳跳跳，跳下去，不同的是，儿童的游戏跳飞机用的是脚，写稿用手。爬格子是痛苦的，跳格子是快乐的。

朋友之中只有阿赢一个人称我阿西，这时候，跳飞机的女孩就被她罚站在一个四方格子里不能动弹了。有些刊物的文字是横排的，于是，跳飞机的女孩只好变作螃蟹了。

《造房子——像我这样的一个女子（代序）》

评论家的话 ◈

小说的题材是世界文坛都熟悉的古西方神话。西西的作品是这个神话的新诠释。重写这个神话并不特殊，很多外国作家都曾尝试。特殊的是作品的观点和手法。观点上，作品类近道家老庄的哲学观，也就是物我世界、人类与自然都等量齐观，不分彼此。手法上，则运用欧美现代主义的内心独白，石头的话语都以第一人称、不加引号、跳跃式出现；西绪福斯则以第三人称的客观全知叙述。这两种人称的穿插对比，不单是诠释策略上的创新，也突出了人与物的两个立场。古西方史诗的精神常是人与外在力量的抗争、人与命运的挣扎，牺牲往往极端，虽然悲壮性因此凸显。道家哲学则不鼓吹这种个人主义的悲壮争夺。

本篇作品的观点和手法水乳交融，是古代中国与现代西方组合后的新解读。这则作品也证明西西在想象空间的拓展上，至为卓越。

　　　郑树森：《水乳交融——评西西〈致西绪福斯〉》

彭燕郊

无涯际（《混沌初开》节选）

彭燕郊，1920 年生于福建莆田，原名陈德矩。早年参加过新四军。1939 年起发表诗作。编过《力报》副刊、《诗》、《广西日报》副刊等，著有长诗集《春天——大地的诱惑》《妈妈、我和我唱的歌》，诗集《战斗的江南季节》《第一次爱》和散文集《浪子》等。作品充满大地的清新和战斗的乐观气息，纯净而博达。系"七月诗派"成员之一。20 世纪 50 年代初先后执教于湖南大学、湖南师范大学、湘潭大学等。1955 年受胡风冤案牵连。长期从事民间文学收集研究工作，收集整理《湖南歌谣选》，撰著《民间文学概论》，并主持湖南民间文学丛书编撰。70 年代末起重新开始发表诗作。晚年探索"散文体"诗歌的写作，不分行的长诗《混沌初开》等，以对苍凉严酷的生命境况和精神的深沉孤情所作的抒写而显得博大高远。80 年代出版有《彭燕郊诗选》及诗论集《和亮亮谈诗》等，并主编有《国际诗坛》《现代世界诗坛》《现代散文诗名著译丛》及参与筹划《诗苑译林》的编辑出版等。

你已来到无涯际的空旷，界限已被超越，界限不再存在，悠长的叹息消失在悠长忍受的终了。

无穷无尽，无涯际的空旷，从曾经那么厚重的界限的消融里袒露出来。无涯无际，不能说有多大的空旷，只是一股劲地，无遮无拦地空旷。不能说大，因为没有小就没有大，只有发狂了的无穷无尽。

闪烁不定。透过不稳定的缝隙看到的空旷世界，不能提供任何见证，任何平衡，任何安慰。在无涯际的空旷里你得到的，首先是茫然。

在每秒钟亿万次的逆向运行之后，光速的运算结果是零。于是你反复琢磨正和负的互补。漫长思考的可能结论是绝对。无可改变的此时是：你已置身在混沌中，混沌主宰一切。混沌不是幻觉，混沌比幻觉更美。

你飘荡在零和绝对的无形深渊，飘荡是你得到的报偿，在无穷无尽与无穷无尽的浮游里，你感到你作为一个实体的存在。多半是你给自己发出信号，预见近在眼前，期待已成为过去。你还需要到记忆里去躲避，让向往庇护你吗？费解的兆头能不能为你召回失落的梦、那把握不定的可能性？岩石般厚重的虚妄成为你置身其中的无涯无际，你不相信你已经振作起来了吗？

混沌。由于没有任何对比色而只有一个颜色，混沌之色。混沌之色于是五彩斑斓。无休止翻滚的气流不是白色的，白色不是无色，无色最为耀眼夺目，无色超越美观，超越喜怒哀乐而气壮四极。

无休止的翻滚，时差的匆忙装卸，启运和到达绞结在一起。你将得到欢乐。欢乐必须是完整的，完整的无形，像你在梦中曾经有过的。你将得到。

无形之旗悠然飘扬，无形之帆悠然远去。无涯无际中没有山野，树木，屋顶和道路的世界。动身的时候你留下了什么？你带来了什么？你的头上从来没有过光晕。你什么也没有带，你不再感到沉重。你只是光身一个，你早已把口袋里的最后一个子儿甩掉了，一个子儿的婆婆妈妈的饶舌，够人受的！你感到轻快，终于摆脱了一个子儿纠缠不清的骚扰。

以无色为色的寂静，五色镶嵌于一切凹凸，五色充填于深邃。听不到呼吸，听不到喘息，听不到绝叫。所有的责备，所有的寒战，所有的惶惑，都经过无色的过滤而于无声中稀释。够了，所有的争吵，所有的无可奈何地，耸一耸肩膀，所有的摊开两手，自我解嘲地吹一声口哨，所有的搔搔头皮和干瞪眼……频率逐级升高的诘难和反诘难，辩驳与反辩驳之后，论战的热潮低落、冷却了，听得见的只有太阳穴的轰鸣。你，属于人类，你却不了解"人"，却不了解你自己。

急雨倾注于赤裸的砂原，倏地收住。光秃秃的宁静，忙于吸收那粗野的一片喧哗，沸腾的思绪于是成为淡漠的痕迹。

身前身后，气流翻滚，齐腰深的云雾，春泥般肥沃，恬静宜人的柔软和沁人心脾的清凉，你的双脚已经有超过鸟的双翅的轻灵。

你啊，你在无穷无尽里，在没有章法没有主旨里，反刍你短短几十年的莽撞冒失。这里没有永久和无限可以追求，这里就是永久和无限，这里没有灵魂和肉体的欢乐，只有永远和无限无意中培育你永远和无限的淡泊。

还记得吗？厅堂里的天地君亲师之位，晚餐桌上的《圣经》，书堆里的《进化论》，都蔫黄了，都脆裂了没有？你该知道的。用无色、无形、无声的纯净来把一切进行比较吧。"这很好，只是东西太多了一些"，你不会这样说吧。

气流的波浪形体，波浪的大山小山堆叠的形体，不固定，无拘束，颠颠倒倒的形体，以无涯际为背景，可以俯视、可以仰望的空旷，是你的再生之地？但它可能不会成为你的栖身之地，你能不能适应这种不对称？

永远穿不过的空旷。你，小小的意愿，落在气流之波中，在平静与汹涌之间，遗忘与记忆交替出现。故乡的炊烟，童年时爱闹着玩的恶作剧，一块小卵石花纹里的和谐，一朵逗能的小花，一丛野草的迷乱，一只小青虫眯着的玄想的小眼，和那盛开的大百合花，带着有意无意的笑开了又谢了。你曾经相信，你的脚下总归有茂盛的水草，水草下总归有泉水汩汩流出的泉眼……然而那也已经是过去。

火红狐狸的皮毛换成纯白，黑天鹅入睡了，橙黄的长嘴藏到轻柔的茸毛下，气流用银光的舌头舐着它们。幻象，幸福的幻象，暂时还不属于你。

露花结成一长串一长串葡萄，凝聚在一个又一个贝壳里，你的憧憬，也汇集到那些涡状容器里，向你自己展示诱人的奥秘。你会在连续的强烈冲击里眩晕而陷入麻木。

巍峨的浪峰，让回复到平静的激情留下沉淀物，波谷充塞满感慨。或许就会成为结晶体，挣脱束缚而跳出胸腔的这颗心，曾经属于你，如今还有多少是你的？你没有遇到另外一个"人"，你孤独。

你也有一个并不璀璨的额头，可能有的那一点光辉都收敛在沉思里了，可能有的那么一点点的光辉正在凝聚。

无色的五彩斑斓里膨胀着暖热的芳香，直立起来的混沌有玉石般平滑的表面。气流发出隐约可闻的断续的颤音，那是一种导电的颤音，完全地非人间的，完全地不同于漏水的龙头叫人厌烦的滴沥，不同于擦过水泥地的铁皮的吵闹，不同于丧钟的故意的拖长。完全地非人间因而更使人想到人间。

所有的飞翔、开合、起落、旋转……都在无色的缤纷里。想要穿过气流的你，腼腆地猜度着路程有多么远，脸上有古怪的表情，你感到别扭了吧，你的不自在可能是由于肌体的某一部分失灵了。你不可能成为一个什么人，比如说，一个一心想要完善自己的白痴。认知自我的历程是穿透隧道，紧密，厚实，严加遮盖只留一个孔道，你能不能不停地剥落，蜕脱，挖掘，直到舍身？你将开始知道你之所失就是你之所得，你将在失去中获得。但你却不禁显出了那么一点狼狈相，混沌之中找不到藏身之处，不必白费力气去发现什么隐蔽的角落了，那是没有的。

无色纯净，因纯净而闪耀光彩的气流的运动，气流的高峰，气流的突然升起和下降，你必须用穿越配合你的奔跑式的、跳跃式的浮游，你忘记了你的骨肉必须得到热能的补充，但那却是不必要的，你毕竟已经不再单单是个灵长类生物了，这都是早该知道的事情，混沌中随便哪里也不会突然冒出个什么东西，没有谁会妨碍你，你却曾毛手毛脚地想找个什么掩体。连你自己也觉得好笑了吧。

一团热气，你加入这无涯际中的绝对的翻滚，你已经离不开这绝对的空旷里的明亮。你是想在这场无休止的翻滚中，忘却曾经约束过你的人性的尊严吗？苦恼只会在阴暗里滋生，一场火灾之后的阴暗。

这里是漂浮的海，气体的海。液体的海有黝黑的古老的荒凉，荒凉也可以有冰冷的明亮。

回答吧，混沌不能只有数学的、物理的定义。混沌发光同时吸收光反射光。在无穷无尽的空旷里，光的歌声荡漾，赞美和哀悼思考至情至圣的裸体。

气流之海的边际，有你所欲求的靠岸处，你要停泊了，降下无形的旗，落下无形的帆，但不是向你遇到的这第一个空旷，或许也是最后一个空旷告别，你依然有躁动的生命使命感。

你不习惯五色，你不习惯纯白，因为你是"人"。气流的平原，气流的丘陵、山谷，不会永远无色。"人"来了，长出苔藓，长出杂草了，长出大树，攀缘植物，形成空中森林了，无色之色充实了，真正地异彩纷呈了，无涯际中的色彩秩序建立起来了。混沌不是不毛之地。

你看到：气流的峭壁映现最丰富的图像。那些高技术时代的文明景观，那些未来世纪的大胆预测，倒不那么吸引人。吸引你的是原始人的文身，图腾，舞者和祭司的脸谱……它们所代表的难道仅仅只是战胜洪水、山火、雷电的人的无穷的潜力？"人"是从人自身分离出来的人的神化，原初的人的本真难道不就是对信仰的渴求，因此远古纹样才最终成为人娱乐自己的装饰。这信仰的优美心象，多么叫人欣慰地重新折射到这个世界之外的世界。

于是你系上气流给你的披风，你继续在混沌中连续翻滚。没有什么四面八方，跑道在你头上也在你脚下，在你的双臂和两脚之间，在你的腋下、腹背。艰巨的发现和占有开始不用担心过度消耗和疲劳，空旷的洁净比冷冻更为有益。不会有毛虫来吃你的肌肉，也不会有细菌到你身上来繁殖，不必为你这副臭皮囊担心，翻滚吧，震荡比抚摸更能给你带来愉悦。

坐飞毯的世纪早已过去了，从历史的酷刑里漏网的幸存者能有几个？你呀，你如今免不了要扪心自问：你对自己所做的事知道多少？要做的事还有多少？你能有多少能量？你发现可怕的差距。你不是刚才还在心头七上八下，还在嘴唇焦干，不停地吞咽口水，左顾右盼而把身体扭成一段麻绳。你发现你太软弱了！难道真的就这么直不起腰来，这无穷无尽的混沌，本来就绝不是到处荆棘丛生而不适宜遨游的。

你那颗受潮的心，人间烟火几时曾烤干它？从此，你将不再保留你那些习惯了的感觉，习惯了的语言。在这只有光影的斑驳，光影的明暗交织和浓淡相间的混沌里，你，一个孤身独处的水手有了个第一次的航行，你不会老是晕船的，你会成为一个合格的航海家。

你已经从一个梦走进另一个梦了。没有白天也没有黑夜。时间，你是睡着了呢，还是醒着？

充塞九霄云外的混沌，混沌中无涯际的空旷。这里，就是"来世"吗？多么俗气的称呼。和这不动声色的无休止的翻滚旋转多么不相称。

气流奔腾，瞬息间成形、变形，汇合、离散，进入无阻拦的参与、循环，从无秩序到有秩序，竭尽全力企图达到升华，一片繁忙。幸好，混沌没有声音，要是有，除了声音就没有别的什么了。

无可避免的是你带来的动物——人的气息仍然刺鼻地强烈，辛辣的汗气，太清洁的无气味世界中挥发出来的奶腥气，毛发的热骚气，频繁地传递着不知多少喧嚣的信息：你将怎样处理这个富于活力的复杂的生命过程。

终于你又有了一次巧遇，你遇到曾经和某个星球相撞，而被某个银河系吞下去，又不得不把它吐出来的某个巨人的影子，因为它只是影子。它冒冒失失地踩痛了天体的某一条敏感的神经，难过得叫它连连打喷嚏，热泪盈眶，吐出了阵阵烟气，如注的泪珠倾泻而下，簌簌响个不停，那泪珠，撒豆般抛出来，于是满天都是点点发光体了，于是一条又一条叠加在一起的新的银河形成了，都塞满了发光体了，密不透风了，发光体你推我挤，谁也比谁更惹眼，谁也比谁更不在乎地自生自灭，霎时间出现在你眼皮下，霎时间又不见了，剩下的只有加入翻滚旋转的混沌里的新的混沌，连巨人的影子一时间也找不到了。

好像混沌中的九天之上的欢乐节日永不会结束，这些银河系的居民们嘻嘻哈哈加入翻滚旋转，噼噼啪啪地旋转，响亮地旋转，在混沌里滋生，在混沌里蓓蕾，开花，然后也就不见了。最富于表现力的最有感情的混沌啃啮一切，一切加入混沌，其中有巨人的影子。

滔滔不绝的混沌，于是心花怒放了，无休无止地忙于完成使往日的一切存留成为新的存留的劳作。不用水也不用火，翻滚旋转中没有冲刷也没有焚烧，光尘不是粉末也不是灰烬。现在，你知道巨人的影子为什么要加入混沌了吧。

熙熙攘攘的思绪，来来往往，那一条条长长的光带，构成银河系，加入到混沌的，正是你的思绪的反射，巨人，为了这应该向你致敬。生命总体结构在这思维里被展现了，上一代和下一代之间，强盛文明和道德荒芜之间，被非历史观念压得透不过气的你，看见巨人的影子漫不经心地踢翻一道道栅栏，跨过一条条壕沟，真太够戏剧性的了，一辈子说不清的是是非非散了箍，教条规范破碎得不可收拾，也只好由它了。

九重天，天上还有天，更上一层吧，再发现一层天。

从你的眼睛里射出来的，已不是探询的目光，渴望的目光，而是介入，直率地介入，介入进程已不再和生命进程分开。因果链人为的中断应当中断了。

延续性，通向无限，这就是一切。到了这个时候了，你已经有了这直率介入的目光了，现在有，将来也有，因为，你看见了那影子。

非我，不是第二我的延伸，它是从第二我的消失中凸现的可触摸的幻影，就在那生命意识还原为欲望的瞬息之间，在忍受与放纵脱节的瞬息之间，非我陡然出现（身上还有几处若有若无的伤痕血迹），非我的出现是一场冒险的结果，连续多少回合搏斗的结果，有点像从灰烬中复活的火苗，影影绰绰。

多么可爱的单纯，这个非我，从来不想它会拥有什么无上的权威。在它的单纯里有难以达到的丰满，它好像是生命无意识的化身，在它的动作——闪现里有那么多的优美的大的跨度，壮丽的偏离规范的心理历程的起伏跌宕，用许多顿悟衔接起来的迷乱。多向度的单纯，多向度的丰满。

而你，你却是被注定了要被钉在平淡无奇的日常琐事里被淹没，在层层关系网的清理和修补里费尽心机，虽然那已是过去的事了，但危机还在这里，在于你（就连第二我也是）还是忘记不了那个"我"。

平淡无奇里有那么多离奇古怪的不正常，就算你有能耐，把它们翻了个个儿，结果反而搞不清什么是正常什么是不正常了。事前事后，不都向你提供了个人经验的人文含义吗？那你想紧紧抓住而又抓不住的，那里面应该有人的普遍良心呵！你还能做些什么呢？可怕的可悲的自怜自保综合征，满是紊乱的脚印的泥潭般稀烂的本能。

"需要！"非我一个劲儿瞪着你。"需要就是一切，需要才是正常！"不，这不是你所等待的一声号令。你就站在它面前，这样贴近，很少有谁和你这样贴近过，几乎就要和你融合了。你还没有完全领会"需要"的含义，可你已经被牢牢吸引住了，你和它之间的这种心理关系够多别扭！你又不能跟个三岁小孩那样，咬着手指头，流着口水，朝它干瞪眼。

你的反应太差劲了。但愿能惹它生一场气，来一阵咆哮，来一阵劈头盖脸的毫不留情的责备。就让它叫你做没出息的低能儿吧，就让它叫你做一辈子只知道到处坏事的废物吧。然而不，它只是用低沉的，微微颤抖的声音缓缓地和你说着。

混沌的巨臂把你箍得铁紧，你身上的微型气流不断加速，力场在你的躯体形成，你好像有些走神，有些神思恍惚，你的失落感是正数的，你忽然想起有一次，你曾经急于要对林立的墓碑作新的读解，还想追究它们是怎样和在什么时候被树立起来的。其实你不想、也认为不必对这些古老文字做什么批注，但你总有些放心不下，因此你总是想起它。

你已经不由自主地加入混沌，加入这狂热的自我搅拌，蒙在你身上的那一层膜，薄而透明巴得撕不开的膜，终归在搅拌中逐渐跌落了。混沌是神奇的，看不见的溶解，分离，提炼，看不见的沸腾，蒸发。只有无涯际的翻滚旋转，只有混沌的暴躁，撒野，放荡，忘乎所以的沉湎。混沌在裂变也在合成，互相排斥又互相接近，不断变化的距离和方向，混沌的壮烈的鏖战，这是个什么样的榜样呵！

非我不是第二我，它行踪无定。你想看见它的时候看不见，它总是意外地出现在你面前，你很少看到它。你在想：能够和它有个默契就好。你想念它那像你自己说出的话的回音一般的语言。那声调像你自己的心跳一样沉着、清脆。

非我，不是什么神在显灵。对于它，呼风唤雨是不算什么的。真不知该对它说什么好，赞美吗？它会以为这是对它的理解呢？还是对它的亵渎？神总是豪爽的，因为神自信他是公道的。非我却不是神，最好不要冒犯它。

而你却还有些想不透：这是真的吗？奇怪的是经过无数翻滚旋转以后你还有些不清醒。你好像让非我的严厉给难住了，你还有些冥顽，至少是有些迷迷糊糊。你也知道它并没有存心为难你，一切都十分自然，这股潮水还会要上涨。你已经抛弃了以地平线为视界的习惯，抛弃了截取生命的某一个片断作为生命设计的规模的习惯，并且习惯了已知的风暴在你的脊梁骨上呼啸，未知的波涛在你的心头汹涌澎湃，这不已经很好了吗？

你会有新的适应的，混沌初开。

混沌初开，一瞬间无涯际落入全光，翻滚旋转卷入全光。

宇宙的无限景深已不是一味的湛蓝，肥大的食人莲花瓣似的奇异的青绿，而是在全光中的金光灿烂的闪烁。清幽的气流成了澄澈的光带，无名的芳香在光风的吹拂下曲折迂回，混沌的无休止的解体和愈合过程，在全光里被有效地操纵着，全光带来宁静永恒里的愉悦呼吸，光已代替空气，光比空气含有更多的生命元，而且比空气干净多了。

在全光中你经历着最严格的生命检验，一种全无保留的平面展示，一种全新的本体开发方式。全光中生命的投射获得的效应是前所未有的，生命的穿透在无影中一闪而过。

全光中，时空有了全新的性质。时间已无可逃遁，空间已无从确立，时空的消失里有一个实现，一个恢复，一个放弃。你，毕竟是一个生命，毕竟是在经历一个生物化学过程，你有理由从生命的契合迎接全光，你可以把全光看作生命现象。

全光中，孤独感的残余已不可能在自怜的暗流里骚动，无从衍生懊恼和忧伤。遥远的往日，你曾经疲惫，身心残损有如从顽童的虐待里逃生的昆虫，伤痛折磨你。可怕的是你发现那顽童竟是你自己，无意于伤害，而是无意识中想在对生命的感应里，把握生命的生动的、确切的完整，而是想在最简单的动作里，从生理上直接感受生命的最具体显示。这一切，在全光里已经完全不必要了。遥远的往日更遥远了。

全光是凝静的，不是无节制的强化的喧嚣的光，但也不是停滞了的古潭古井的光。全光也不是高温的光，全光无温，有那样的一种柔和，一种亲切，但并非冰冷。

翻滚旋转中你付出了代价，你感到虚弱，从里到外给彻底挖空了，你急需补充，你搜求尚存的点滴元气，哪怕是一缕微温的气息，要把它变成可把握的实体，是要下一番苦功夫的。你的喜悦里不能不渗入一些茫然，在通明透亮的全光中你有奉献自己的热望，你害怕，在光波的干预下，你的无光的眼神会成为展览于无涯际中的羞耻。

你可以满意了。如果苦心经营多少世纪的强盛文明，也在这一片混沌中成为幻象，如今也在全光下做无形的闪动，而你接过来的，本是历史撞击迸发的碎片。

你穿越地壳断层般的厚薄光波，奔跑于喷泉般落下的光珠之间，得到光辉的洗礼。同样是那双顽童的手，恣意采摘你身上鲜亮的嫩叶，洒向光波，融入光波，为了让你长出更鲜亮更有生机的嫩叶，你有充足的生命储备。

九天之外的混沌，有如绚丽的宇宙的反光。

休息一会吧，光流，也可以是如茵的草地。

粼粼的光波也可以比微风更妩媚。

非我再次出现，还是那么闪闪的通亮的幻象。

它又着魔了，总是那样元气淋漓，着魔才是它存在的形式。它跳跃，像要追赶什么而又总是追不到，它蹦蹦跳跳，好像两只脚跑太慢，它用一只脚跳。

它跌跌撞撞，忘了形似的只管向前，向前，到处都有它的踪迹，全光急急忙忙于吞食它的踪迹。

你都看呆了。头上，是欢乐的光尘旋卷成的光罩，脚下，是亿万光尘敏感的震动，颠簸。

到处是光束的绷得紧紧的弦，颤音嗖嗖响过，急箭穿刺光浪的轰轰声震动耳鼓，全光中你必须有高度灵敏的听觉。你的感觉必须像牧马人的绳套，能在急速的甩动中套住急速奔驰的光浪。

一团又一团光浪在急速奔驰中不见了。全像是一声声无声的霹雳，莽莽撞撞，发酒疯似的一顿乱来，干什么都不留余地，都干脆做绝，而且是一声不吭的，突如其来。

而后又撒手不干了，谁知道为什么，谁敢相信这就真的不干了。还是那么目光炯炯的，叫你只好不停地揉眼睛，只当是自己眼花了，有错觉。

全是些顽童，全是些无意识的胡来，只不过为了好玩，只不过觉得这样很有趣。全是些毫无顾忌的荒唐行径，全是些恶作剧，鬼把戏！

你能承受得了吗？这混沌的全光，全光的混沌。

在这一片光彩夺目的乱七八糟面前，你不能不强迫自己去适应它了，真是要有好糟就有好糟！

而这所有的一切光尘呵，光束呵，光波呵，都像大大小小的水晶球一样各自拥有无数个聚焦点，反射出这种种的胆大妄为，无法无天，这些亡命之徒，拔下了庄严圣像的庄严胡子，扯下了神圣的杏黄旗，撕得个稀烂，还要把它倒挂起来，为了逗乐开心。种种的非分非礼，居然都闪闪发光，居然都是水晶球从无数个聚焦点发光，居然都美丽动人。

都在乐呵呵地发光，不知死活地发光，都以为这一片闪闪的汪洋是讨人喜欢的，都在乐呵呵地闪闪着。

简直不像个样子，没有一点秩序，可谁也顾不上谁是什么样子，只是一头栽进全光的混沌里，乐呵呵地，只管闪闪，只管发光。闪闪被闪闪挡住了，一头撞去撞得粉碎了，粉碎了还是乐呵呵地，早知道会有这一下的。

就这样，在全光里凝聚，形成，这都好像是早先没有预料到的，没有哪个给预先安排的。

还是追逐，都在逞能、斗狠，谁也不服输，可谁也追不上谁。

现在你知道了吧，发光，这是和凡间世上穿衣吃饭一样平常的事，在爆炸性的闪闪中，水晶球是谁也不干扰谁的，像凡间世上那样嫉妒来代替竞争的事，这里是没有的。

你的躯体深处开始了不明显的轻微的骚动，烦躁、不安，频率逐渐增高，并向外部延伸，体温在上升，通身上下感到刺痛。躯体有冰层的灰白，灰白里透出星星火花的晃动。冰层下面，起伏流淌的波浪溅射起光点的水珠，炽热而尖锐，你的躯体成为一座喷水莲蓬，布满透光的小圆洞，光点的水珠一个劲儿向外冲去，你发光了，就像一只鸟想飞的时候展开翅膀一样自然地发光了。

辛辛苦苦培植的光萌芽了。起初，光是小心翼翼的，微小得像被微风轻轻吹送的铃声，柔和得像快要烧完的炉中的最后一块煤，送来贴着你的面颊的爱抚的温暖，闪动着像东一句西一句说不完说不清的体己话，隐隐约约，像别人看不出看不懂只有你才知道的情人的眼色和手势。

你对自己说（你只能对自己说）：小心些，不要惊动它，不要大声赞美它，要轻轻地说。

其实，这都没有什么必要了。用不着惊奇，光点早已在躯体里成长，增多。灼热是因为它在分裂，刺痛是因为它被掰成两个以上的小光点，骚动是由于不断分裂和光度不断增强。整个混沌在全光中闪闪着，光点更快地从你的躯体向外冲去。小圆洞喷出的光的水珠，使光雾蒸腾中的你通身上下光滴淋淋地，处处都是点点斑斑的光渍了。就像你的心也跳出了胸腔了，化成了这无数颗不停地跳着的小小的心。真有些叫人受不了，太紧张了，太狂热了，连耳朵也在嗡嗡地响了。闪闪中全新的光照关系、光照结构充塞整个混沌，充塞你的通身上下了。

无数由于光的饥渴而枯萎的贪馋者都该欢乐了，都会恨不得一口气把光一饮而尽了。不知不觉地你都成了无数光点组合成的多光体了。闪闪中，光波互相淹没，互相吞噬，光点的队形更加复杂了，颤动得像一匹飞舞的锦缎，更加暖烘烘了。

记住：作为参与光，在全光中你会慢慢地适应的。光束就有这么顽皮，这么活泼。随随便便就把自己搅成一团，忽然又随随便便就抖开了一团光球，然后，又那么耐心地把发丝一般细的光芒梳呀，梳呀，梳理成亮晶晶的马尾巴那样的一长串，火星迎风飘散。

以火为主要成分的光点，熟练地通过热的基因，牢牢控制新生光点的生命特征，控制它们的形成和发育，光的信息涌来，你陶醉了。在全光中不陶醉是不可能的。

你成为全光中无数有形无形的光柱中的一个了。你也是一个光信号系统。你的躯体是许多互相绞合的螺旋形光链的组合。所有的光柱都像舞蹈者酣舞中突然转过身来的那一瞬似的，有着自信的、神秘的笑容。光柱森林的倒影照满林边的光湖，每一株都被映得水灵灵的，都把脚浸到柔软的光波里了。光链的排列顺序不断变更，光点接收的亮度指示也在不断变更，光的落叶纷纷落在光湖的滟滟波纹上，那是光点在忙着读解全光的指令，努力要达到在水中燃烧，每一根光柱都那么讨人喜欢，都在自夸："你看，我是挺不错的嘛……"都射出挺招眼的长睫毛般的光芒，脸上都是那么红扑扑的。

你感到热。全光中，热是一点也不会浪费的，发光是不会使热能失去的。到处都布满光的灰尘，到处闻得到光的又凉沁沁的又火辣辣的，简直有点蜇人的气味。光珠到处迸射，像一只只追不到的飞弹，迸射中有那么多意想不到的姿势。光雾缭绕中最后一丝阴影在融化，光度由于不断加强的发光运作而得到保持，朵朵光花绽放，像精巧的工艺师刚刚从吹管吹出的通红的玻璃瓶，一只瓶就是一盏灯，所有的灯都点亮了，千盏万盏聚在一起，哆嗦着的光波，像千万双贮满莹莹泪水的眼睛在激动中向你传递意味深长的暗示。

水流没有它矫健，声波没有它的敏捷，它是暴烈的，这起伏绵亘的光波，比电波更善于传播，比磁场更善于吸引。积蓄着太多的光能就像憋着一身力气一下子使不出来，忍不住喘息着，忍不住呻吟着，急急忙忙，一边发出光，一边接受光。全光中出现了更多的垂直和倾斜，更多的强、弱、长、短。多种不同的强度混合在一起了，热热闹闹，前仰后合地笑着，丰富得叫人说不清楚的光谱向你直奔而来，密集的滔滔光波是决堤的沧海，把你卷进了光的横流。

你发觉，好像有一朵光紧跟住你，其实这朵光就是你自己。你发现你像一只浮标颤动在沧海上，在忘记了一切的激动里闪闪着，你禁不住想问自己：可不可以凭这朵光来预卜自己的未来？

光早已无阻拦地冲出你的躯体，你的躯体早已是斟满琼浆的杯，光液早已漫出杯沿，你的意愿在光液里浸泡得更加富有生气了，在闪闪的意愿的挑逗撩拨里你通身上下震颤得更加猛烈了。终于，你在全光中一点不剩地融化了，你成了全光的一部分。

全光是个无涯际的光龛，你有了你的生态龛位，有了你的特定的生命环境，它是为你的新的生命形式的存在创造出来的。全光的创造者中有微小的你在内，全光中有你微小的位置。

于是你敢于相信你是在绝对清醒的梦里，你已经纯净，没有一丝多余的杂质，没有一抹皱褶。每一朵光都可以透过你望见另一朵光。你敢于相信自己也是光源，你赖以生存的光里有你自己发出的光。需要的自由，自由的需要，既与未来无关也与现在无关。你可以任意改换射线，从身边所有的反光体得到反射，它们会给你最亲切的问候，你能得到无限延长的回忆般的愉悦。所有的发光体都因愉悦而透明，而虚空，当你射向它们时你得到的回报是无限量的包容和放纵。欣喜使你不断改变光速，熠熠生辉的是你永远属于第一位的意愿：你没有一个回答，你只有无数个提问。现在，你可以放心向世界发问了，问你想要问的一切。你就尽情地问吧，什么都问。

你发现，从某个时候开始，你已经是一个活泼的存在，而不是某个类目里的某个抽象的称呼，你已不只是一个躯壳，而是一个有血有肉的人，整整一个首先属于你自己的世界。

你将坚固起来，那是凝聚更多的热和力所必需的，是永恒的发光运作所必需的。

你相信光，你得到光，你发光了。

你呀，你总算加入了全光的混沌，通过闪光，你富有了，闪闪中没有衰老，反背双手踽踽独行的日子已过去很久。所有的手都已伸出来了，举起来了，所有的手都握成紧紧的拳头。你将更加坚固。

无论是从近处还是从远处看，你都一样高大。无论从哪一个角度看，你所展示的棱面都一样丰富，它们之间的组合都一样出奇地美妙。

你也应该是一个结晶体。

总算到了这个时候了，每一个结晶体都无比璀璨了，都尽情尽兴地放光了。多得数不清的射线互相交叉互相穿透，千变万化的光速形成了纷纭的折射，开创了前所未有的宇宙景观。

幸福的清醒呵，没有什么能够扰乱它了，它在自我更新里甜蜜地融化着。

不是非我，更不是第二我，和全光中的壮丽景观相比，你还觉得自己有些暗淡吧，因此，你已经是新的你了。

混沌初开，你将再次超越你自己。

1986年夏，1988年春，1989年冬。

选自《当代湖南作家作品选·彭燕郊卷》

湖南文艺出版社1997年版

作家的话 ◇◇

　　远比现实纯粹的精神世界只能从粗糙的现实里提炼，比理念更有力的直觉必然由理念培育，人与宇宙、人与历史的新的交涉不能不呈现为日常的现实生活交涉，对神秘幽玄的宇宙心灵的探测其实就是人的价值的探测。现代中国人的内心世界、最隐秘的自我是形成于现代中国的现实的。……绝叫只有在处身于历史的严峻考验中并真正感到考验的严峻时才能发出，消极地接受现实，可以有呻吟，但发不出心界的颤抖不已的呐喊，梦魇只有为自己的苦恼熬煎到无法排遣的人才有，浑浑噩噩的心灵不会有苦恼，不会有梦魇，没有梦魇而要与梦魇那样有分量的心态，那是对自己的折磨。

《和亮亮谈诗·27》

评论家的话 ◇◇

　　今年2月初，燕郊终于把《混沌初开》寄了来，是他亲手装帧的，素朴典雅，像一本书。他嘱我写上几句读后感，准备出版时作为序言。

　　而我不读则已，一读真有所感。

　　人们早已习惯于把分行排列的文字理解为诗。为了以示区别，凡是大段大段贯下来的，一概称作散文诗。作为主体诗与散文诗，固然并无高下优劣之分，但对燕郊的《混沌初开》，我却有一个固执的看法：它是一部真正的长诗，二万四千字的长诗，气势磅礴，光彩照人的长诗，记载了一个中国知识分子、中国文学家心路历程的长诗。

　　……

就诗论诗，我敢断言，《混沌初开》是彭燕郊自己的一座里程碑。

在新诗运动的长河中，《混沌初开》又会摆在什么位置上？总不至于成为第二个《饥饿的郭素娥》罢？！

最好别相信历史课本。历史课本有时会骗人的。

相信历史，相信"全光"一般无远弗届的历史。

公刘：《混沌初开·序》

数年前我曾在一篇文章中说到彭燕郊晚近诗作，即那些被称为"散文诗"者，是"变法"。而今想来，也属皮相之言。……诗的"含金量"，最根本的还在于诗人对生命本体、对本原性生命形态自身的感应、体认、观察、潜咏、含玩。诗的生命，源于斯；诗的形态，发于斯。诗的形态蜕变，对应于生命形态蜕变。诗的形态，是如此真实、生动、鲜明地把生命形态的变化赤裸呈现，而不以"主观意志"为转移。势有若必然，顺理缘情而成章，可见"变法"之说，不过承袭前人老调而已。言归彭燕郊：有了一言难尽、风情万种的各色经历；活到这般坑坑洼洼、沧桑满眼的老小年纪；满肚子古人今人土人洋人吵吵嚷嚷捅破肚皮；一切一切，山雨欲来，呼之欲出，不呼也势必破门而出。于是彭燕郊半是由己、半是身不由己，人写诗，诗也"写人"，便有了《混沌初开》这样洋洋洒洒的篇章，看似兴至而"创意"，细想，倒属在情在理，应有之事，应有之诗。

朱健：《大诗载大道》

史铁生
我与地坛

　　史铁生，1951 年生于北京，1967 年毕业于清华大学附中，1969 年赴陕西延安地区插队，三年后因双腿瘫痪转回北京，其后在街道工厂工作。1981 年因病情加重，留职停薪回家养病。后由业余创作转为专业创作。自投身创作以来，几乎在新时期文学的每个阶段都留下他的鲜明足迹。1980 年的《午餐半小时》，以对"写光明"的旧有程式的有力冲击，引起了评论界的较大争议；1983 年的《我的遥远的清平湾》则以对插队生活的深情反刍，扩展了知青文学的艺术视域。从 1985 年的《命若琴弦》开始，经由《礼拜日》《一个谜语的几种简单猜法》等作品，突破已有的纪实体叙事模式，在精神建构与形式营造的统一之中，寻求小说表达人的精神存在的艺术潜能。著有中短篇小说集《我的遥远的清平湾》《礼拜日》《舞台效果》，散文集《爱情问题》《自言自语》和长篇小说《务虚笔记》等。2010 年病逝。

一

我在好几篇小说中部提到过一座废弃的古园，实际上就是地坛。许多年前旅游业还没有开展，园子荒芜冷落得如同一片野地，很少被人记起。

地坛离我家很近。或者说我家离地坛很近。总之，只好认为这是缘分。地坛在我出生前四百多年就坐落在那儿了。而自从我的祖母年轻时带着我父亲来到北京，就一直住在离它不远的地方——五十多年间搬过几次家，可搬来搬去总是在它周围，而且是越搬离它越近了。我常觉得这中间有着宿命的味道：仿佛这古园就是为了等我，而历尽沧桑在那儿等待了四百多年。

它等待我出生，然后又等待我活到最狂妄的年龄上忽地残废了双腿。四百多年里，它一面剥蚀了古殿檐头浮夸的琉璃，淡褪了门壁上炫耀的朱红，坍圮了一段段高墙又散落了玉砌雕栏，祭坛四周的老柏树愈见苍幽，到处的野草荒藤也都茂盛得自在坦荡。这时候想必我是该来了。十五年前的一个下午，我摇着轮椅进入园中，它为一个失魂落魄的人把一切都准备好了。那时，太阳循着亘古不变的路途正越来越大，也越红。在满园弥漫的沉静光芒中，一个人更容易看到时间，并看见自己的身影。

自从那个下午我无意中进了这园子，就再没长久地离开过它。我一下子就理解了它的意图。正如我在一篇小说中所说的："在人口密聚的城市里，有这样一个宁静的去处，像是上帝的苦心安排。"

两条腿残废后的最初几年，我找不到工作，找不到去路，忽然间几乎什么都找不到了，我就摇了轮椅总是到它那儿去，仅为着那儿是可以逃避一个世界的另一个世界。我在那篇小说中写道："没处可去我便一天到晚耗在这园子里。跟上班下班一样，别人去上班我就摇了轮椅到这儿来。""园子无人看管，上下班时间有些抄近路的人们从园中穿过，园子里活跃一阵，过后便沉寂下来。""园墙在金晃晃的空气中斜切下一溜阴凉，我把轮椅摇进去，把椅背放倒，坐着或是躺着，看书或者想事，撅一杈树枝左右拍打，驱赶那些和我一样不明白为什么要来这世上的小昆虫。""蜂儿如一朵小雾稳稳地停在半空；蚂蚁摇头晃脑捋着触须，猛然间想透了什么，转身疾行而去；瓢虫爬得不耐烦了，累了祈祷一回便支开翅膀，忽悠一下升空了；树干留着一只蝉蜕，寂寞如一间空屋；露水在草叶上滚动，聚集，压弯了草叶轰然坠地摔开万道金光。""满园子都是草木竞相生长弄出的响动，窸窸窣窣窸窸窣窣片刻不息。"这都是真实的记录，园子荒芜但并不衰败。

　　除去几座殿堂我无法进去，除去那座祭坛我不能上去而只能从各个角度张望它，地坛的每一棵树下我都去过，差不多它的每一米草地上都有过我的车轮印。无论是什么季节，什么天气，什么时间，我都在这园子里待过。有时候待一会儿就回家，有时候就待到满地上都亮起月光。记不清都是在它的哪些角落里了，我一连几小时专心致志地想关于死的事，也以同样的耐心和方式想过我为什么要出生。这样想了好几年，最后事情终于弄明白了：一个人，出生了，这就不再是一个可以辩论的问题，而只是上帝交给他的一个事实；上帝在交给我们这件事实的时候，已经顺便保证了它的结果，所以死是一件不必急于求成的事，死是一个必然会降临的节日。这样想过之后我安心多了，眼前的一切不再那么可怕。比如你起早熬夜准备考试的时候，忽然想起有一个长长的假期在前面等待你。你会不会觉得轻松一点？并且庆幸并且感激这样的安排？

剩下的就是怎样活的问题了。这却不是在某一个瞬间就能完全想透的，不是能够一次性解决的事，怕是活多久就要想它多久了，就像是伴你终生的魔鬼或恋人。所以，十五年了，我还是总得到那古园里去，去它的老树下或荒草边或颓墙旁，去默坐，去呆想，去推开耳边的嘈杂理一理纷乱的思绪，去窥看自己的心魂。十五年中，这古园的形体被不能理解它的人肆意雕琢，幸好有些东西是任谁也不能改变它的。譬如祭坛石门中的落日，寂静的光辉平铺的一刻，地上的每一个坎坷都被映照得灿烂；譬如在园中最为落寞的时间，一群雨燕便出来高歌，把天地都叫喊得苍凉；譬如冬天雪地上孩子的脚印，总让人猜想他们是谁，曾在哪儿做过些什么，然后又都到哪儿去了；譬如那些苍黑的古柏，你忧郁的时候它们镇静地站在那儿，你欣喜的时候它们依然镇静地站在那儿，它们没日没夜地站在那儿从你没有出生一直站到这个世界上又没了你的时候；譬如暴雨骤临园中，激起一阵阵灼烈而清纯的草木和泥土的气味，让人想起无数个夏天的事件；譬如秋风忽至，再有一场早霜，落叶或飘摇歌舞或坦然安卧，满园中播散着熨帖而微苦的味道。味道是最说不清楚的，味道不能写只能闻，要你身临其境去闻才能明了。味道甚至是难于记忆的，只有你又闻到它你才能记起它的全部情感和意蕴。所以我常常要到那园里去。

二

现在我才想到，当年我总是独自跑到地坛去，曾经给母亲出了一个怎样的难题。

她不是那种光会疼爱儿子而不懂得理解儿子的母亲。她知道我心里的苦闷，知道不该阻止我出去走走，知道我要是老待在家里结果会更糟，但她又担心我一个人在那荒僻的园子里整天都想些什么。我那时脾气坏到极点，经常是发了疯一样地离开家，从那园子里回来又中了魔似的什么话都不说。母亲知道有些事不宜问，便犹犹豫豫地想问而终于不敢问，因为她自己心里也没有答案。她料想我不会愿意她跟我一同去，所以她从未这样要求过，她知道得给我一点独处的时间，得有这样一段过程。她只是不知道这过程得要多久，和这过程的尽头究竟是什么。每次我要动身时，她便无言地帮我准备，帮助我上了轮椅车，看着我摇车拐出小院；这以后她会怎样，当年我不曾想过。

有一回我摇车出了小院，想起一件什么事又返身回来，看见母亲仍站在原地，还是送我走时的姿势，望着我拐出小院去的那处墙角，对我的回来竟一时没有反应。待她再次送我出门的时候，她说："出去活动活动，去地坛看看书，我说这挺好。"许多年以后我才渐渐听出，母亲这话实际上是自我安慰，是暗自的祷告，是给我的提示，是恳求与嘱咐。只是在她猝然去世之后，我才有余暇设想。当我不在家里的那些漫长的时间，她是怎样心神不定坐卧难宁，兼着

208

痛苦与惊恐与一个母亲最低限度的祈求。现在我可以断定，以她的聪慧和坚忍，在那些空落的白天后的黑夜，在那不眠的黑夜后的白天，她思来想去最后准是对自己说："反正我不能不让他出去，未来的日子是他自己的，如果他真的要在那园子里出了什么事，这苦难也只好我来承担。"在那段日子里——那是好几年前的一段日子，我想我一定使母亲做过了最坏的准备了，但她从来没有对我说过："你为我想想。"事实上我也真的没为她想过。那时她的儿子还太年轻，还来不及为母亲想，他被命运击昏了头，一心以为自己是世上最不幸的一个，不知道儿子的不幸在母亲那儿总是要加倍的，她有一个长到二十岁上忽然截瘫了的儿子，这是她唯一的儿子，她情愿截瘫的是自己而不是儿子，可这事无法代替；她想，只要儿子能活下去哪怕自己去死呢也行，可她又确信一个人不能仅仅是活着，儿子得有一条路走向自己的幸福；而这条路呢，没有谁能保证她的儿子终于能找到。——这样一个母亲，注定是活得最苦的母亲。

有一次与一个作家朋友聊天，我问他学写作的最初动机是什么？他想了一会说："为我母亲。为了让她骄傲。"我心里一惊，良久无言。回想自己最初写小说的动机，虽不似这位朋友的那般单纯，但如他一样的愿望我也有，且一经细想，发现这愿望也在全部动机中占了很大比重。这位朋友说："我的动机太低俗了吧？"我光是摇头，心想低俗并不见得低俗，只怕是这愿望过于天真了。他又说："我那时真就是想出名，出了名让别人羡慕我母亲。"我想，他比我坦率。我想，他又比我幸福，因为他的母亲还活着，而且我想，他的母亲也比我的母亲运气好，他的母亲没有一个双腿残废的儿子，否则事情就不这么简单。

在我的头一篇小说发表的时候，在我的小说第一次获奖的那些日子里，我真是多么希望我的母亲还活着。我便又不能在家里待了，又整天整天独自跑到地坛去，心里是没头没尾的沉郁和哀怨，走遍整个园子却怎么也想不通：母亲为什么就不能再多活两年？为什么在她儿子就快要碰撞开一条路的时候，她却忽然熬不住了？莫非她来此世上只是为了替儿子担忧，却不该分享我的一点点快乐？她匆匆离我去时只有四十九呀！有那么一会，我甚至对世界对上帝充满了仇恨和厌恶。后来我在一篇题为《合欢树》的文章中写道："我坐在小公园安静的树林里，闭上眼睛，想，上帝为什么早早地召母亲回去呢？很久很久，迷迷糊糊的我听见了回答：'她心里太苦了，上帝看她受不住了，就召她回去。'我似乎得了一点安慰，睁开眼睛，看见风正从树林里穿过。"小公园，指的也是地坛。

只是到了这时候，纷纭的往事才在我眼前幻现得清晰，母亲的苦难与伟大才在我心中渗透得深彻。上帝的考虑，也许是对的。

摇着轮椅在园中慢慢走，又是雾罩的清晨，又是骄阳高悬的白昼，我只想着一件事：母亲已经不在了。在老柏树旁停下，在草地上在颓墙边停下，又是处处虫鸣的午后，又是鸟儿归巢的傍晚，我心里只默念着一句话：可是母亲已经不在了。把椅背放倒，躺下，似睡非睡挨到日没，坐起来，心神恍惚，呆呆地直坐到古祭坛上落满黑暗然后再渐渐浮起月光，心里才有点明白，母亲不能再来这园中找我了。

曾有过好多回，我在这园子里待得太久了，母亲就来找我。她来找我又不想让我发觉，只要见我还好好地在这园子里，她就悄悄转身回去，我看见过几次她的背影。我也看见过几回她四处张望的情景，她视力不好，端着眼镜像在寻找海上的一条船，没看见我时我已经看见她了，待我看见她也看见我了我就不去看她，过一会我再抬头看她就又看见她缓缓离去的背影。我无法知道有多少回她没有找到我。有一回我坐在矮树丛中，树丛很密，我看见她没有找到我；她一个人在园子里走，走过我的身旁，走过我经常待的一些地方，步履茫然又急迫。我不知道她已经找了多久还要找多久，我不知道为什么我决意不喊她——但这绝不是小时候的捉迷藏，这也许是出于长大了的男孩子的倔强或羞涩？但这倔强只留给我痛悔，丝毫也没有骄傲。我真想告诫所有长大了的男孩子，千万不要跟母亲来这套倔强，羞涩就更不必，我已经懂了可我已经来不及了。

儿子想使母亲骄傲，这心情毕竟是太真实了，以致使"想出名"这一声名狼藉的念头也多少改变了一点形象。这是个复杂的问题，且不去管它了罢。随着小说获奖的激动逐日暗淡，我开始相信，至少有一点我是想错了：我用纸笔在报刊上碰撞开的一条路，并不就是母亲盼望我找到的那条路。年年月月我都到这园子里来，年年月月我都要想，母亲盼望我找到的那条路到底是什么？母亲生前没给我留下过什么隽永的誓言，或要我恪守的教诲，只是在她去世之后，她艰难的命运，坚忍的意志和毫不张扬的爱，随光阴流转，在我的印象中愈加鲜明深刻。

有一年，10月的风又翻动起安详的落叶，我在园中读书，听见两个散步的老人说："没想到这园子有这么大。"我放下书，想，这么大一座园子，要在其中找到她的儿子，母亲走过了多少焦灼的路。多年来我头一次意识到，这园子不单是处处都有过我的车辙，有过我的车辙的地方也都有过母亲的脚印。

三

如果以一天中的时间来对应四季，当然春天是早晨，夏天是中午，秋天是黄昏，冬天是夜晚。如果以乐器来对应四季，我想春天应该是小号，夏天是定音鼓，秋天是大提琴，冬天是圆号和长笛。要是以这园子里的声响来对应四季呢？那么，春天是祭坛上空飘浮着的鸽子的哨音，夏天是冗长的蝉歌和杨树叶子哗啦啦地对蝉歌的取笑，秋天是古殿檐头的风铃响，冬天是啄木声。以园中的景物对应四季，春天是一径时而苍白时而黑润的小路，时而明朗时而阴晦的天上摇荡着串串杨花；夏天是一条条耀眼而灼人的石凳，或阴凉面爬满了青苔的石阶，阶下有果皮，阶上有半张被坐皱的报纸；秋天是一座青铜的大钟，在园子的西北角上曾丢弃着一座很大的铜钟，铜钟与这园子一般年纪，浑身挂满绿锈，文字已不清晰；冬天，是林中空地上几只羽毛蓬松的老麻雀。以心绪对应四季呢？春天是卧病的季节，否则人们不易发觉春天的残忍与渴望；夏天，情人们应该在这个季节里失恋，不然就似乎对不起爱情；秋天是从外面买一棵盆花回家的时候，把花搁在阔别了的家中，并且打开窗户把阳光也放进屋里，慢慢回忆慢慢整理一些发过霉的东西；冬天伴着火炉和书，一遍遍坚定不死的决心，写一些并不发出的信。还可以用艺术形式对应四季，这样春天就是一幅画，夏天是一部长篇小说，秋天是一首短歌或诗，冬天是一群雕塑。以梦呢？以梦对应四季呢？春天是树尖上的呼喊，夏天是呼喊中的细雨，秋天是细雨中的土地，冬天是干净的土地上的一只孤零的烟斗。

因为这园子，我常感恩于自己的命运。

我甚至现在就能清楚地看见，一旦有一天我不得不长久地离开它，我会怎样想念它，我会怎样想念它并且梦见它，我会怎样因为不敢想念它而梦也梦不到它。

四

现在让我想想，十五年中坚持到这园子来的人都是谁呢？好像只剩了我和一对老人。

十五年前，这对老人还只能算是中年夫妇，我则货真价实还是个青年。他们总是在薄暮时分来园中散步，我不大弄得清他们是从哪边的园门进来，一般来说他们是逆时针绕这园子走。男人个子很高，肩宽腿长，走起路来目不斜视，胯以上直至脖颈挺直不动；他的妻子攀了他一条胳膊走，也不能使他的上身稍有松懈。女人个子却矮，也不算漂亮，我无端地相信她必出身于家道中衰的名门富族；她攀在丈夫胳膊上像个娇弱的孩子，她向四周观望似总含着恐惧，她轻声与丈夫谈话，见有人走近就立刻怯怯地收住话头。我有时因为他们而想起冉阿让与柯赛特，但这想法并不巩固，他们一望即知是老夫老妻。两个人的穿着都算得上考究，但由于时代的演进，他们的服饰又可以称为古朴了。他们和我一样，到这园子里来几乎是风雨无阻，不过他们比我守时。我什么时间都可能来，他们则一定是在暮色初临的时候。刮风时他们穿了米色风衣，下雨时他们打了黑色的雨伞，夏天他们的衬衫是白色的裤子是黑色的或米色的，冬天他们的呢子大衣又都是黑色的，想必他们只喜欢这三种颜色。他们逆时针绕这园子一周，然后离去。他们走过我身旁时只有男人的脚步响，女人像是贴在高大的丈夫身上跟着漂移。我相信他们一定对我有印象，但是我们没有说过话，我们互相都没有想要接近的表示。十五年中，他们或许注意到一个小伙子进入了中年，我则看着一对令人羡慕的中年情侣不觉中成了两个老人。

曾有过一个热爱唱歌的小伙子，他也是每天都到这园中来，来唱歌，唱了好多年，后来不见了。他的年纪与我相仿，他多半是早晨来，唱半小时或整整唱一个上午，估计在另外的时间里他还得上班。我们经常在祭坛东侧的小路上相遇，我知道他是到东南角的高墙下去唱歌，他一定猜想我去东北角的树林里做什么。我找到我的地方，抽几口烟，便听见他谨慎地整理歌喉了。他反反复复唱那么几首歌。"文化革命"没过去的时候，他唱"蓝蓝的天上白云飘，白云下面马儿……"我老也记不住这歌的名字。"文革"后，他唱《货郎与小姐》中那首最为流传的咏叹调。"卖布——卖布嘞，卖布——卖布嘞！"我记得这开头的一句他唱得很有声势，在早晨清澈的空气中，货郎跑遍园中的每一个角落去恭维小姐。"我交了好运气，我交了好运气，我为幸福唱歌曲……"然后他就一遍一遍地唱，不让货郎的激情稍减。依我听来，他的技术不算精到，在关键的地方常出差错，但他的嗓子是相当不坏的，而且唱一个上午也听不出一点疲惫。太阳也不疲惫，把大树的影子缩小成一团，把疏忽大意的蚯蚓晒干在小路上。将近中午，我们又在祭坛东侧相遇，他看一看我，我看一看他，他往北去，我往南去。日子久了，我感到我们都有结识的愿望，但似乎都不知如何开口，于是互相注视一下终又都移开目光擦身而过；这样的次数一多，便更不知如何开口了。终于有一天——一个丝毫没有特点的日子，我们互相点了一下头，他说："你好。"我说："你好。"他说："回去啦?"我说："是，你呢?"他说："我也该回去了。"我们都放慢脚步（其实我是放慢车速），想再多说几句，但仍然是不知从何说起，这样我们就都走过了对方，又都扭转身子面向对方。他说："那就再见吧。"我说："好，再见。"便互相笑笑各走各的路了，但是我们没有再见，那以后，园中再没了他的歌声，我才想到，那天他或许是有意与我道别的，也许他考上了哪家专业的文工团或歌舞团了吧? 真希望他如他歌里所唱的那样，交了好运气。

还有一些人，我还能想起一些常到这园子里来的人。有一个老头，算得一个真正的饮者；他在腰间挂一个扁瓷瓶，瓶里当然装满了酒，常来这园中消磨午后的时光。他在园中四处游逛，如果你不注意你会以为园中有好几个这样的老头，等你看过了他卓尔不群的饮酒情状，你就会相信这是个独一无二的老头。他的衣着过分随便，走路的姿态也不慎重，走上五六十米路便选定一处地方，一只脚踏在石凳上或土埂上或树墩上，解下腰间的酒瓶，解酒瓶的当儿眯起眼睛把一百八十度视角内的景物细细看一遭，然后以迅雷不及掩耳之势倒一大口酒入肚，把酒瓶摇一摇再挂向腰间，平心静气地想一会什么，便走下一个五六十米去。还有一个捕鸟的汉子，那岁月园中人少，鸟却多，他在西北角的树丛中拉一张网，鸟撞在上面，羽毛戗在网眼里便不能自拔。他单等一种过去很多而现在非常罕见的鸟，其他的鸟撞在网上他就把它们摘下来放掉，他说已经有好多年没等到那种罕见的鸟了，他说他再等一年看看到底还有没有那种鸟，结果他又等了好多年。早晨和傍晚，在这园子里可以看见一个中年女工程师，早晨她从北向南穿过这园子去上班，傍晚她从南向北穿过这园子回家，事实上我并不了解她的职业或者学历，但我以为她必是学理工的知识分子，别样的人很难有她那般的素朴并优雅。当她在园子穿行的时刻，四周的树林也仿佛更加幽静，清淡的日光中竟似有悠远的琴声，比如说是那曲《献给艾丽丝》才好。我没有见过她的丈夫，没有见过那个幸运的男人是什么样子，我想象过却想象不出，后来忽然懂了想象不出才好，那个男人最好不要出现。她走出北门回家去，我竟有点担心，担心她会落入厨房，不过，也许她在厨房里劳作的情景更有另外的美吧，当然不能再是《献给艾丽丝》，是个什么曲子呢？还有一个人，是我的朋友，他是个最有天赋的长跑家，但他被埋没了。他因为在"文革"中出言不慎而坐了几年牢，出来后好不容易找了个拉板车的工作，样样待遇都不能与别人平等，苦闷极了便练习长跑。那时他总来这园子里跑，我用手表为他计时，他每跑一圈向我招一下手，我就记下一个时间。每次他要环绕这园子跑二十圈，大约两万米。他盼望以他的长跑成绩来获得政治上真正的解放，他以为记者的镜头和文字可以帮他做到这一点。第一年他在春节环城赛上跑了第十五名，他看见前十名的照片都挂在了长安街的新闻橱窗里，于是有了信心。第二年他跑了第四名，可是新闻橱窗里只挂了前三名的照片，他没灰心。第三年他跑了第七名，橱窗里挂前六名的照片，他有点怨自己。第四年他跑了第三名，橱窗里却只挂了第一名的照片。第五年他跑了第一名——他几乎绝望了，橱窗里只有一幅环城赛群众场面的照片。那些年我俩常一起在这园子里待到天黑，开怀痛骂，骂完沉默着回家，分手时再互相叮嘱：先别去死，再试着活一活看。现在他已经不跑了，年岁太大了，跑不了那么快了。最后一次参加环城赛，他以三十八岁之龄又得了第一名并破了纪录，有一位专业队的教练对他说："我要是十年前发现你就好了。"他苦笑一下什么也没说，只在傍晚又来这园中找到我，把这事平静地向我叙说一遍。不见他已有好几年了，现在他和妻子和儿子住在很远的地方。

这些人现在都不到园子里来了，园子里差不多完全换了一批新人。十五年前的旧人，现在就剩我和那对老夫老妻了。有那么一段时间，这老夫老妻中的一个也忽然不来，薄暮时分唯男人独自来散步，步态也明显迟缓了许多，我心悬了很久，怕是那女人出了什么事。幸好过了一个冬天那女人又来了，两个人仍是逆时针绕着园子走，一长一短两个身影恰似钟表的两根指针；女人的头发白了许多，但依旧攀着丈夫的胳膊走得像个孩子。"攀"这个字用得不恰当了。或许可以用"搀"吧，不知有没有兼具这两个意思的字。

五

我也没有忘记一个孩子——一个漂亮而不幸的小姑娘。十五年前的那个下午，我第一次到这园子里来就看见了她，那时她大约三岁，蹲在斋宫西边的小路上捡树上掉落的"小灯笼"。那儿有几棵大栾树，春天开一簇簇细小而稠密的黄花，花落了便结出无数如同三片叶子合抱的小灯笼，小灯笼先是绿色，继而转白，再变黄，成熟了掉落得满地都是。小灯笼精巧得令人爱惜，成年人也不免捡了一

217

个还要捡一个。小姑娘咿咿呀呀地跟自己说着话，一边捡小灯笼；她的嗓音很好，不是她那个年龄所常有的那般尖细，而是很圆润甚或是厚重，也许是因为那个下午园子里太安静了。我奇怪这么小的孩子怎么一个人跑来这园子里？我问她住在哪儿？她随指一下，就喊她的哥哥，沿墙根一带的茂草之中便站起一个七八岁的男孩，朝我望望，看我不像坏人便对他的妹妹说："我在这儿呢。"又伏下身去，他在捉什么虫子。他捉到螳螂、蚂蚱、知了和蜻蜓，来取悦他的妹妹。有那么二三年，我经常在那几棵大栾树下见到他们，兄妹俩总是在一起玩，玩得和睦融洽，都渐渐长大了些。之后有很多年没见到他们。我想他们都在学校里吧，小姑娘也到了上学的年龄，必是告别了孩提时光，没有很多机会来这儿玩了。这事很正常，没理由太搁在心上，若不是有一年我又在园中见到他们，肯定就会慢慢把他们忘记。

那是个礼拜日的上午。那是个晴朗而令人心碎的上午，时隔多年，我竟发现那个漂亮的小姑娘原来是个弱智的孩子。我摇着车到那几棵大栾树下去，恰又是遍地落满了小灯笼的季节；当时我正为一篇小说的结尾所苦，既不知为什么要给它那样一个结尾，又不知何以忽然不想让它有那样一个结尾，于是从家里跑出来，想依靠着园中的镇静，看看是否应该把那篇小说放弃。我刚刚把车停下，就见前面不远处有几个人在戏耍一个少女，做出怪样子来吓她，又喊又笑地追逐她拦截她，少女在几棵大树间惊惶地东跑西躲，却不松手揪住卷在怀里的裙裾，两条腿袒露着也似毫无察觉。我看出少女的智力是有些缺陷，却还没看出她是谁。我正要驱车上前为少女解围，就见远处飞快地骑车来了个小伙子，于是那几个戏耍少女的家伙望风而逃。小伙子把自行车支在少女近旁，怒目望着那几个四散逃窜的家伙，一声不吭喘着粗气，脸色如暴雨前的天空一样一会比一会苍白。这时我认出了他们，小伙子和少女就是当年那对小兄妹。我几乎是在心里惊叫了一声，或者是哀号。世上的事常常使上帝的居心变得可疑。小伙子向他的妹妹走去。少女松开了手，裙裾随之垂落了下来，很多很多她捡的小灯笼便洒落了一地，铺散在她脚下。她仍然算得漂亮，但双眸迟滞没有光彩。她呆呆地望那群跑散的家伙，望着极目之处的空寂，凭她的智力绝不可能把这个世界想明白吧？大树下，破碎的阳光星星点点，风把遍地的小灯笼吹得滚动，仿佛暗哑地响着无数小铃铛。哥哥把妹妹扶上自行车后座，带着她无言地回家去了。

无言是对的。要是上帝把漂亮和弱智这两样东西都给了这个小姑娘，就只有无言和回家去是对的。

谁又能把这世界想个明白呢？世上的很多事是不堪说的。你可以抱怨上帝何以要降诸多苦难给这人间，你也可以为消灭种种苦难而奋斗，并为此享有崇高与骄傲，但只要你再多想一步你就会坠入深深的迷茫了：假如世界上没有了苦难，世界还能够存在么？要是没有愚钝，机智还有什么光荣呢？要是没了丑陋，漂亮又怎么维系自己的幸运？要是没有了恶劣和卑下，善良与高尚又将如何界定自己又如何成为美德呢？要是没有了残疾，健全会否因其司空见惯而变得腻烦和乏味呢？我常梦想着在人间彻底消灭残疾，但可以相信，那时将由患病者代替残疾人去承担同样的苦难。如果能够把疾病也全数消灭，那么这份苦难又将由（比如说）相貌丑陋的人去承担了。就算我们连丑陋、连愚昧和卑鄙和一切我们所不喜欢的事物和行为，也都可以统统消灭掉，所有的人都一样健康、漂亮、聪慧、高尚，结果会怎样呢？怕是人间的剧目就全要收场了，一个失去差别的世界将是一条死水，是一块没有感觉没有肥力的沙漠。

看来差别永远是要有的。看来就只好接受苦难——人类的全部剧目需要它，存在的本身需要它。看来上帝又一次对了。

于是就有一个最令人绝望的结论等在这里：由谁去充任那些苦难的角色？又由谁去体现这世间的幸福、骄傲和快乐？只好听凭偶然，是没有道理好讲的。

就命运而言，休论公道。

那么，一切不幸命运的救赎之路在哪里呢？

设若智慧或悟性可以引领我们去找到救赎之路，难道所有的人都能够获得这样的智慧和悟性吗？

我常以为是丑女造就了美人。我常以为是流氓举出了智者。我常以为是懦夫衬照了英雄。我常以为是众生度化了佛祖。

六

设若有一位园神，他一定早已注意到了，这么多年我在这园里坐着，有时候是轻松快乐的，有时候是沉郁苦闷的，有时候优哉游哉，有时候恓惶落寞，有时候平静而且自信，有时候又软弱，又迷茫。其实总共只有三个问题交替着来骚扰我，来陪伴我。第一个是要不要去死？第二个是为什么活？第三个，我干吗要写作？

现在让我看看，它们迄今都是怎样编织在一起的吧。

你说，你看穿了死是一件无须乎着急去做的事，是一件无论怎样耽搁也不会错过的事，便决定活下去试试？是的，至少这是很关键的因素。为什么要活下去试试呢？好像仅仅是因为不甘心，机会难得，不试白不试，腿反正是完了，一切仿佛都要完了，但死神很守信用，试一试不会额外再有什么损失。说不定倒有额外的好处呢是不是？我说过，这一来我轻松多了，自由多了。为什么要写作呢？作家是两个被人看重的字，这谁都知道。为了让那个躲在园子深处坐轮椅的人，有朝一日在别人眼里也稍微有点光彩，在众人眼里也能有个位置，哪怕那时再去死呢也就多少说得过去了。开始的时候就是这样想，这不用保密，这些现在不用保密了。

我带着本子和笔，到园中找一个最不为人打扰的角落，偷偷地写。那个爱唱歌的小伙子在不远的地方一直唱。要是有人走过来，我就把本子合上把笔叼在嘴里。我怕写不成反落得尴尬。我很要面子。可是你写成了，而且发表了。人家说我写得还不坏，他们甚至说：真没想到你写得这么好。我心说你们没想到的事还多着呢。我确实有整整一宿高兴得没合眼。我很想让那个唱歌的小伙子知道，因为他的歌也毕竟是唱得不错。我告诉我的长跑家朋友的时候，那个中年女工程师正优雅地在园中穿行；长跑家很激动，他说好吧，我玩命跑，你玩命写。这一来你中了魔了，整天都在想哪一件事可以写，哪一个人可以让你写成小说。是中了魔了，我走到哪儿想到哪儿，在人山人海里只寻找小说，要是有一种小说试剂就好了，见人就滴两滴看他是不是一篇小说，要是有一种小说显影液就好了，把它泼满全世界看看都是哪儿有小说，中了魔了，那时我完全是为了写作活着。结果你又发表了几篇，并且出了一点小名，可这时你越来越感到恐慌。我忽然觉得自己活得像个人质，刚刚有点像个人了却又过了头，像个人质，被一个什么阴谋抓了来当人质，不定哪天被处决，不定哪天就完蛋。你担心要不了多久你就会文思枯竭，那样你就又完了。凭什么我总能写出小说来呢？凭什么那些适合作小说的生活素材就总能送到一个截瘫者跟前来呢？人家满世界跑都有枯竭的危险，而我坐在这园子里凭什么可以一篇接一篇地写呢？你又想到死了。我想见好就收吧。当一名人质实在是太累了太紧张了，太朝不保夕了。我为写作而活下来，要是写作到底不是我应该干的事，我想我再活下去是不是太冒傻气了？你这么想着你却还在绞尽脑汁地想写。我好歹又拧出点水来，从一条快要晒干的毛巾上。恐慌日甚一日，随时可能完蛋的感觉比完蛋本身可怕多了，所谓不怕贼偷就怕贼惦记，我想人不如死了好，不如不出生的好，不如压根儿没有这个世界的好。可你并没有去死。我又想到那是一件不必着急的事。可是不必着急的事并不证明是一件必要拖延的事呀？你总是决定活下来，这说明什么？是的，我还是想活。人为什么活着？因为人想活着，说到底是这么回事，人真正的名字叫作：欲望。可我不怕死，有时候我真的不怕死。有时候，——说对了。不怕死和想去死是两回事，有时候不怕死的人是有的，一生下来就不怕死的人是没有的。我有时候倒是怕活。可是怕活不等于不想活呀！可我为什么还想活呢？因为你还想得到点什么，你觉得你还是可以得到点什么的，比如说爱情，比如说，价值感之类，人真正的名字叫欲望。这不对吗？我不该得到点什么吗？没说不该。可我为什么活得恐慌，就像个人质？后来你明白了，你明白你错了，活着不是为了写作，而写作是为了活着。你明白了这一点是在一个挺滑稽的时刻。那天你又说你不如死了好，你的一个朋友劝你：你不能死，你还得写呢，还有好多好作品等着你去写呢。这时候

222

你忽然明白了，你说：只是因为我活着，我才不得不写作。或者说只是因为你还想活下去，你才不得不写作。是的，这样说过之后我竟然不那么恐慌了。就像你看穿了死之后所得的那份轻松？一个人质报复一场阴谋的最有效的办法是把自己杀死。我看出我得先把我杀死在市场上，那样我就不用参加抢购题材的风潮了。你还写吗？还写。你真的不得不写吗？人都忍不住要为生存找一些牢靠的理由。你不担心你会枯竭了？我不知道，不过我想，活着的问题在死前是完不了的。

这下好了，你不再恐慌了不再是个人质了，你自由了。算了吧你，我怎么可能自由呢？别忘了人真正的名字是：欲望。所以你得知道，消灭恐慌的最有效的办法就是消灭欲望。可是我还知道，消灭人性的最有效的办法也是消灭欲望。那么，是消灭欲望同时也消灭恐慌呢，还是保留欲望同时也保留人生？

我在这园子里坐着，我听见园神告诉我：每一个有激情的演员都难免是一个人质。每一个懂得欣赏的观众都巧妙地粉碎了一场阴谋。每一个乏味的演员都是因为他老以为这戏剧与自己无关。每一个倒霉的观众都是因为他总是坐得离舞台太近了。

我在这园子里坐着，园神成年累月地对我说：孩子，这不是别的，这是你的罪孽和福祉。

七

要是有些事我没说，地坛，你别以为是我忘了，我什么也没忘，但是有些事只适合收藏。不能说，也不能想，却又不能忘。它们不能变成语言，它们无法变成语言，一旦变成语言就不再是它们了。它们是一片朦胧的温馨与寂寥，是一片成熟的希望与绝望，它们的领地只有两处：心与坟墓。比如说邮票，有些是用于寄信的，有些仅仅是为了收藏。

如今我摇着车在这园子里慢慢走，常常有一种感觉，觉得我一个人跑出来已经玩得太久了。有一天我整理我的旧相册，看见一张十几年前我在这园子里照的照片——那个年轻人坐在轮椅上，背后是一棵老柏树，再远处就是那座古祭坛。我便到园子里去找那棵树。我按着照片上的背景找很快就找到了它，按着照片上它枝干的形状找，肯定那就是它。但是它已经死了，而且在它身上缠绕着一条碗口粗的藤萝。有一天我在这园子里碰见一个老太太，她说："哟，你还在这儿哪？"她问我："你母亲还好吗？""你是谁？""你不记得我，我可记得你。有一回你母亲来这儿找你，她问我你看没看见一个摇轮椅的孩子？……"我忽然觉得，我一个人跑到这世界上来玩真是玩得太久了。有一天夜晚，我独自坐在祭坛边的路灯下看书，忽然从那漆黑的祭坛里传出一阵阵唢呐声；四周都是参天古树，方形祭坛占地几百平方米空旷坦荡独对苍天，我看不见那个吹唢呐的人，唯唢呐声在星光寥寥的夜空里低吟高唱，时而悲怆时而欢快，时而缠绵时而苍凉，或许这几个词都不足以形容它，我清清醒醒地听出它响在过去，响在现在，响在未来，回旋飘转亘古不散。

必有一天，我会听见喊我回去。

那时你可以想象一个孩子，他玩累了可他还没玩够呢，心里好些新奇的念头甚至等不及到明天。也可以想象是一个老人，无可置疑地走向他的安息地，走得任劳任怨。还可以想象一对热恋中的情人，互相一次次说"我一刻也不想离开你"，又互相一次次说"时间已经不早了"，时间不早了可我一刻也不想离开你，一刻也不想离开你可时间毕竟是不早了。

我说不好我想不想回去。我说不好是想还是不想，还是无所谓。我说不好我是像那个孩子，还是像那个老人，还是像一个热恋中的情人。很可能是这样：我同时是他们三个。我来的时候是个孩子，他有那么多孩子气的念头所以才哭着喊着闹着要来，他一来一见到这个世界便立刻成了不要命的情人，而对一个情人来说，不管多么漫长的时光也是稍纵即逝，那时他便明白，每一步每一步，其实一步步都是走在回去的路上。当牵牛花初开的时节，葬礼的号角就已吹响。

但是太阳，他每时每刻都是夕阳也都是旭日。当他熄灭着走下山去收尽苍凉残照之际，正是他在另一面燃烧着爬上山巅布散烈烈朝晖之时。那一天，我也将沉静着走下山去，扶着我的拐杖。有一天，在某一处山洼里，势必会跑上来一个欢蹦的孩子，抱着他的玩具。

当然，那不是我。

但是，那不是我吗？

宇宙以其不息的欲望将一个歌舞炼为永恒。这欲望有怎样一个人间的姓名，大可忽略不计。

1989 年 5 月 11 日

1990 年 1 月 7 日改

选自《上海文学》1992 年第 1 期

作家的话 ◈

　　去除种种表面上的原因看，写作就是要为生存找一个至一万个精神上的理由，以便生活不只是一个生物过程，更是一个充实、旺盛、快乐和镇静的精神过程，如果求生是包括人在内的一切生物的本能，那么人比其他生物已经多了一种本能了，那就是不单要活得明白，若不能明白则还不如不活那就干脆死了吧。所以人会自杀，所以人要写作，所以人是为了不致自杀而写作。

《答自己问》

　　我觉得，艺术（或说美，——不等于漂亮的美）是由敬畏和骄傲这两种感情演成的。自然之神以其无限的奥秘生养了我们，又以其无限的奥秘迷惑甚至威胁我们，使我们不敢怠慢不敢轻狂，对着命运的无常既敬且畏。……我们不光能从镜子里，而且能从山的峻拔与狰狞、水的柔润与汹涌、风的和煦与狂暴、云的变幻与永恒、空间的辽阔与时间的悠久、草木的衰荣与虫兽的繁衍，从万物万象中看见自己柔弱而又刚劲的身影。心之家园的无限恰与命运的无常构成和谐、构成美、构成艺术的精髓。敬畏与骄傲，这两极！

《自言自语》

推荐者的话 ◈

　　20世纪90年代散文随笔的写作"繁荣昌盛"，但迄今为止能够给人心灵震颤和生命感染的只有少数篇章，史铁生的《我与地坛》就是其中之一。这篇作品几乎包含了史铁生创作中的全部精神因子，浸透了他一己生命的至深思索和至深情感。韩少功把它称为"灵魂的声音"，说史铁生"是以个体的生命为路标，孤军深入，默默探测全人类永恒的纯净和辉煌"，"显示出他出于通透的一种拒绝和一种对人世至宥至慈的宽厚，他是一尊微笑着的菩萨。他发现了磨难正是幸运，虚幻便是实在，他从墙基、石阶、秋树、夕阳中发现了人的生命可以无限，万物其实与我一体。"（《心灵的声音》）按照"作家中的作家"这一说法类推，有的作品也可以称作"作品中的作品"——在我看来，《我与地坛》就是史铁生所有作品中的作品。

张新颖